# 하루 15분
# 우쿨렐레의 힘

유쿨지니 지음

여 는 글

# 음악이라는 것은 상처가 난 마음에 대한 약이다

알프레드 윌리엄 헌트

삶의 무게가 견디기 힘들 때 음악으로 위로받은 경험이 있는가? 당신의 사례가 금방 떠오르지 않는다면 한번 상상해보자.

'태어나기 전 엄마 뱃속에서부터 듣는 클래식 태교 음악', '학업 스트레스가 쌓인 청소년이 엄마의 말에 대꾸도 하지 않고 헤드폰을 끼고 음악의 볼륨을 높이는 드라마의 한 장면', '카페에서 흘러나오는 음악을 들으며 잠시 사색할 때의 평온함', '트로트 가수 송가인 씨의 노래 첫 소절을 듣자마자 눈물이 가득 고인 채 추억에 잠긴 어르신의 모습' 등 이렇게 우리는 모든 순간 음악으로 위로받으며 살아간다.

좋은 음악은 사람의 마음에 찾아와 따뜻한 위로를 건넨다. 우리는 알게 모르게 이런 음악의 힘을 느끼고 있다. 자연스럽게 들이마시는 공기처럼 가까이에 있는 음악으로 내 마음을 치유할 수 있다면 얼마나 좋을까? 더 나아가 고단하고 전쟁 같은 삶을 버텨내고 있는 사람들을 어떻게 음악으로 위로해 줄 수 있을까?

아이를 낳기 전에는 해야 할 일과 커리어 쌓기에 열심이었다. 때론 "독하다. 이기적이다"라는 말도 듣곤 했다. 하지만 출산 후에는 아이를 위해 나의 모든 에너지와 시간을 써야 했다. 왠지 무기력해져만 갔다. 그 무렵 아이를 키우며 지친 마음을 달래려고 들었던 '인생(한 곡) 반복 곡'이 있다.

> "내 몸이 묶인다 해도 내 영혼 속 날개는 꺾이지 않아. 내 삶은 내가 선택해. 내 인생은 나의 것 나의 주인은 나야. 난 자유를 원해, 자유!"
>
> 나는 나만의 것 - 옥주현(뮤지컬 《엘리자벳》)

나는 산후우울증과 육아 스트레스가 심했다. 아이가 잠든 밤, 아무도 없는 텅 빈 운동장을 이 노래와 함께 밤새 달렸다. 그렇게 하고 나면 속이 후련했다. 이 곡이 나를 위로해 주었던 이유는 나의 마음을 울린 가사와 멜로디가 있었기 때문이 아닐까? 좋은 음악은 생각과 마음을 자라게 한다. 긍정적인 가사가 담긴 노래는 들을수록 나를 밝게 만든다. 노랫말을 되뇌며 긍정적인 생각을 하게 된다.

지난 어버이날, 어린이집 선생님께서 즐겁게 손뼉 치며 동요를 부르는 아들의 동영상을 보내주셨다. 아들이 부르던 곡의 제목은 바로 '아빠, 힘내세요. 우리가 있잖아요!'였다. 영상을 함께 보고 있던 아이가 벌떡 일어나더니 라이브 공연으로 다시 한번 들려주었다. 그 순간의 감동과 피로가 사르르 녹아드는 마음을 어떻게 다 표현할 수 있을까? 우리 부부는 아이를 꼭 껴안고 몇 번이나 입맞춤하였다.

나는 대학에서 음악교육을 공부하고 성악을 전공했다. 프리랜서 우쿨렐레 강사로 일하며 음악의 손길이 필요한 많은 이들을 만났다. 나는 음악이 주는 위로의 힘을 전하면서 그 누구보다 내가 위로받는 것을 느낀다. "다른 누군가의 길을 밝혀 주기 위해 등불을 켜면 결국 자신의 길도 밝히는 것이 된다." 미국의 사회학자 벤 스위트랜드의 말처럼 결국, 내가 밝아지고 있었다.

"좋은 음악을 찾아 함께 나눌수록 더 행복해진다. 음악 실력이 쌓이는 것은 덤이다."

나는 인생의 반려악기로 '우쿨렐레'를 강력하게 추천한다. 이 치열한 세상을 버텨내기 위해 몸부림치다 다쳐버린 당신의 마음을 치유할 '반려악기'말이다. 당신도 하루에 쌓인 피로를 덜고 삶의 에너지를 재충전할 수 있다. 함께 치유의 여행을 떠나 나에게 음악으로 흠뻑 물을 주고 행복의 꽃을 피우자.

"내 서툰 연주가 힐링이 필요한 당신에게 닿길 바란다."

이 책이 세상의 빛을 보기까지 많은 분의 도움이 있었다. 먼저 이 책을 알아봐 주신 따스한 이야기 김현태 대표님께 감사한 마음을 전한다. 그리고 언제나 딸을 자랑스러워해 주시는 부모님, 며느리를 사랑으로 품어주시는 시부모님께 감사드린다.

바다와 같은 마음으로 내가 하는 일이 무엇이든 응원해 주는 남편에게 사랑한다는 말을 전하고 싶다. 우리 부부에게 큰 기쁨을 주는 사랑하는 아들, 대욱에게 고맙다. 또 책을 내기까지 도움을 주신 아레테 인문아카데미 임성훈 작가님과 지에스더 작가님께 감사하다. 번뜩이는 영감을 위해 간절히 필요했던 '보약 커피'를 지어 주신 칠첩커피 고병두 사장님께도 마음 깊이 감사 인사를 드리고 싶다. 마할로!

김 유 진

반려악기와 떠나는 치유여행

# 하루 15분 우쿨렐레의 힘

# 목 차 contents

## 3장 | 우쿨렐레의 쓸모



## 4장 | 우쿨렐레 배우기, 하루 15분이면 충분하다



## 5장 | 내 서툰 연주가 당신에게 닿기를

1장

하루 15분

우쿨렐레의 힘

# 음악 따위 그만두기로 했다

훌륭한 코치는 선수들에게, 그들이 현재 누구인가가 아니라

장차 어떤 사람이 될 수 있는가를 알게 해 준다

# 영어 신동, 음악 꿈나무가 되다

"멋진 그림과 음악, 책을 접하지 않고
세월을 그저 막연히 보내서는 안 된다."

요한 볼프강 폰 괴테

"오성식의 굿 모닝 팝스!"

아침 6시, 라디오 소리가 들려온다. 나는 침대에 누워 정신이 몽롱한 상태로 팝송을 듣고 있다. 팝송이 매일 아침 나를 깨워주는 모닝콜인 셈이다. 지금쯤 아버지께서는 식탁에 앉아 영어 글쓰기를 하고 계시고, 어머니께서는 보글보글 찌개를 끓이고 계실 거다.

"앞으로는 영어를 잘하는 아이에게 더 많은 기회가 생길 거란다."

아버지께서는 영어 선생님이셨다. 자신의 공부를 위해 들으시던 영어 노랫소리가 당시 나에게는 '영어 흘려듣기'가 되었다. 그렇게 자란 나에게 영어는 그저 노래의 멜로디처럼 부담 없이 다가왔다. 가사 속 내가 아는 단어들을 찾아가며 자연스럽게 영어 듣기 실력이 쌓였다.

내가 다녔던 초등학교는 '영어시범학교'였다. 방학이 되면 원어민과 함께하는 특강이 있었다. 외국인과 의사소통을 할 수 있는 소수의 학생만 특별반을 꾸려 수업이 진행되었다. 참가 학생의 대부분은 어린 시절 부모님을 따라 영어권 국가에서 살다 온 학생들이었다. 한국에서만 공부한 토박이 학생으로는 내가 유일했다. 나는 파란 눈의 외국인을 두려워하지 않았다. 자연스럽게 웃으며 대화할 수 있었다. 영어 교사이신 아버지의 조기교육 덕분이었다.

나도 나의 영어 실력이 궁금해질 무렵, 아버지께서는 내가 다닐 만한 영어학원을 알아보시느라 직접 발로 뛰셨다. 그때부터 아빠와 나의 '영어학원 도장 깨기'가 시작되었다. 요즘 시대 '엄마표 영어'처럼 그동안의 '아빠표 영어'가 얼마나 성공적인지 확인할 방법이기도 했다.

"우리 학원에 다니는 6학년 K 군보다 더 높은 수준이네요!"

여러 영어학원의 외국인 선생님께 레벨 테스트를 받았다. 이런 칭찬을 듣는 날이면, 아빠께서 매우 뿌듯해하셨다. 당시 나는 초등학교 3학년이었다. 매일 단어를 50개씩 읽고 써보고 영어 노래를 흘려들은 결과였다. 아버지의 흐뭇한 미소를 보고 싶은 마음에 씩씩하게 영어로 말했다. 노랑머리와 파란 눈을 가진 원어민과의 '스피킹 테스트'도 두려울 것이 없었다. 부모님의 칭찬과 격려 덕분에 점점 더 자신감이 생겼다.

"유진아 나도 네 머리카락 하나만 주라."

아직도 생각하면 웃음이 나는 이야기가 있다. 중학생 시절 '영어 듣기평가' 시험을 보는 날이었다. 나는 영어 듣기평가에서 한 문제도 실수한 적이 없었다. 시험이 끝난 순간, 내 시험지는 다른 반에 가 있었다. 아이들은 내 시험지를 보고 '정답지'라고 하며 자기 시험지를 채점했다. 그날 아침 장난기 많은 한 친구가 "넌 맨날 다 맞아서 좋겠다. 네 머리카락이라도 펜에다 감아서 시험 보면 나도 잘 볼 수 있을까 싶은데?"라고 했다. 나는 친구의 말에 어이가 없었지만 웃으면서 내 머리카락 하나를 뽑아주었다.

정말 신기하게도 친구는 그날 듣기시험을 아주 잘 봤다. 찍은 게 모두 정답이었을 줄이야! 평소에 40점 맞던 친구가 70점을 맞은 것이다. 그런데 그게 화근이었다. 그 친구가 반짝 오른 성적의 비결이 모두 내 머리카락 덕분이라고 소문을 낸 거다. 다른 반 아이들까지 나에게 찾아와서 제일 굵은 머리카락을 서로 달라고 야단이었다. 난 머리숱도 많지 않은데 내 머리카락에 진심인 아이들을 보고 그저 웃을밖에! 설마 내 머리카락 덕분이었겠는가?

아빠와의 또 다른 추억은 '산책'이다. 아빠는 자연 속에서 단어들을 더 많이 설명해 주셨다.

“유진아, 사마귀가 영어로 뭔 줄 아니?”
“여기 사마귀가 두 손을 모으고 기도하는 모습처럼 보이지? 그래서 ‘praying mantis’라고 한단다. 어때, 재미있지?”

아빠와 함께 머릿속으로 그림을 그리며 연상했던 단어들은 아주 오랜 시간 기억되었다. 어렸을 때 아빠 목소리로 외우게 된 단어들이다. 단어들을 반복해서 듣다 보니 억지로 외우려 애쓰지 않아도 자연스레 남게 되었다. 내가 어쩌다가 맞추기라도 하면 뛸 듯이 기뻐하고 칭찬하셨다.

차에 타기만 하면 ‘영어 동요’가 흘러나왔다. 무슨 뜻인지 모르지만 그 단어들을 나도 모르게 흥얼거리게 되었다. 그리고 뜻이 궁금해지면 아버지께 여쭤보았다. 나만의 ‘걸어 다니는 영어사전’은 기다렸다는 듯 물어보는 단어를 하나씩 알려주셨다. 나는 관심과 호기심이 자극되어 더 재미있게 영어를 음악으로 배웠다.

“하늘 향해 두 팔 벌린 나무들같이~ 무럭무럭 자라나는 나무들같이.”
“아따, 우리 유진이 노래도 참 잘 부르지!”

나는 부모님 말씀을 참 잘 듣는 아이였다. 부모님의 기쁜 표정을 보는 것이 행복했다. 부모님이 해주시는 칭찬은 정말 달콤했다. 그래서인지 "노래 한번 해봐라"라고 하시면 친척 모임에서든, 어느 자리에서든 주저 없이 앞에 나가 노래를 부르곤 했다. 잘해서라기보다 사람들에게 칭찬받고 싶은 욕구가 강했던 모양이다.

고등학생이 된 어느 날, 횟집에서 외할머니 생신 파티가 열렸다. 식사 자리가 어느 정도 무르익어갈 때 즈음 아버지께서 "이렇게 좋은 날 노래가 빠질 수 없지?"라고 하시며 한 곡 불러보라고 하셨다. 나는 아버지가 좋아하시는 한국가곡 '내 마음의 강물'을 불렀다.

"수많은 날은 떠나갔어도, 내 맘에 강물 끝없이 흐르네~"

울림이 좋은 방이어서인지, 다른 방에 계신 손님들까지 나의 노래가 들렸나 보다. 노래가 끝나자마자 우리 가족들은 환호와 함께 손뼉을 쳤다.

"방금 그 노래를 누가 불렀나요?"

횟집 사장님이 급히 들어오셔서 물어보셨다. 나는 심장이 콩닥콩닥 뛰었다. 내 목소리가 너무 커서 다른 손님들께 실례가 되었나 싶어서 기어들어 가는 목소리로 "저요..."라고 대답했다. 다행이게도 사장님께서는 나를 보고 활짝 미소 지으셨다. "이 좋은 노래가 대체 어느 방에서 나오는 노랫소리냐고 이 횟집 분위기가 참 좋다!"라고 손님들이 칭찬했다는 말씀을 하셨다. 그리고 "한 곡 더! 한 곡 더!"

기분 좋은 앙코르를 외치셨다. 노래 값으로 기꺼이 회 한 접시도 서비스로 주셨다. 사장님의 넉넉한 인심에 더 행복한 생신 파티였다.

나는 이렇게 관심과 호기심이 자극되면 열심히 하는 아이로 커나갔다.

# 전교생이 다 아는
# ‘애국가 언니’

“어느 분야에서든 성공을 위한 최소한의 기본 조건이 있다면, 그것은 바로 지속적인 학습이다.”

데니스 웨이틀리

“저 언니야~ 그 애국가 언니!”

“애국가 언니? 아, 조회 시간에 TV 나오는?”

“어, 진짜네.”

나는 급식실 앞에 줄을 서서 영어단어 수첩을 들고 있었다. 후배들이 속삭이며 지나간다. 괜히 쑥스러워 영어 단어장에 코를 박았다. 학창 시절, 나는 ‘애국가 언니’로 불렸다. 1학년 후배들은 내 이름을 알 리가 없었다. 다만 월요일 조회 시간에 애국가를 지휘하는 나를 본 것이다. 내게 월요일 아침은 다른 날보다 유독 설레고 떨렸다. 방송실로 가기 전, 화장실 전신 거울 앞에 서서 잔머리가 나온 곳은 없는지, 교복 타이가 삐뚤어지지 않았는지, 명찰은 달았는지 다시 한번 확인했다.

'아, 정말 떨린다. 전교생이 내 지휘를 보며 노래할 텐데... 어쩌지?'

드디어 방송실에 환한 조명이 켜지고 온에어 간판에 불이 들어온다. "동해물과~ 백두산이 마르고 닳도록~" 애국가를 부르는 목소리가 학교에 울려 퍼진다. 그 순간 나는 지휘자다.

"유진이 네가 애국가를 부르며 지휘한 뒤로 학생들이 더 크게 잘 따라 부르더라!"

교무실에서 선생님들께 칭찬을 받자 조금은 자신감이 생겼다. 물론 처음부터 지휘를 잘할 수 있었던 것은 아니다. 음악 선생님께서 애국가 지휘를 제안하셨을 때 난 자신이 없다고 솔직하게 말씀드렸다. 왜인지 쑥스럽고 부끄러웠다. 나의 마음을 그대로 보여주듯 지휘 모양도 작고 소극적이었다. 그러나 한편으로는 이 특별한 기회를 놓치고 싶지 않았나 보다. "너라면 잘할 수 있어, 한번 도전해 봐!"라고 격려해 주신 마지막 말씀에 용기가 생겼을까? 주말이면 방문을 걸어 잠그고 화장대 앞에 서서 열심히 연습했다. 음악 선생님께서 말씀하셨던 것을 하나씩 떠올렸다.

“내 몸 앞에 상자가 있다고 생각하고, 손끝을 앞으로 향하게 하고, 예비 박을 주고 천천히 하나, 둘, 셋, 넷! 둘둘 셋, 넷! 팔을 옆으로 많이 벌려서도 안 돼. 허리는 꼿꼿이 세우고, 턱은 조금 당기고 얼굴은 미소...”

반복 학습만이 완전학습으로 가는 것이라고 했던가? 처음에는 엉망이던 지휘 모양이 여러 번 반복하니 제법 그럴싸해졌다. 반복하면 잘할 수 있게 된다. 이런 작은 무대를 경험할 기회를 얻는 것에 감사했다. 소극적인 지휘 모양에 자신감이 생기자 학교의 축제, 졸업식, 입학식 행사 때에도 대표로 애국가를 지휘하며 노래하게 되었다.

4교시가 끝나자마자, 지진이 난 것 같은 진동이 느껴졌다. “우다다다~” 모두 한 마음으로 급식실을 향해 달려갔다. 당연히 1등은 나였다. 점심을 일찍 먹고 합창부 연습에 가야 하기 때문이다. 합창부 연습이라는 명목하에 맛있는 점심을 합법적으로 가장 먼저 먹을 수 있었다. 든든히 배를 채우고 음악실로 가면 우리 학교 선생님 중에 제일 무섭다는 ‘호랑이 음악 선생님’이 기다리고 계셨다.

서로의 목소리를 들으며 하모니를 만들어 내는 것이 쉬운 일은 아니었다. 선생님께서는 “서로 배려하는 마음이 있어야 좋은 울림이 나온다”라고 말씀하셨다. 내 소리만 뽐낼 것이 아니라 소프라노, 메조, 알토가 만들어 내는 하모니에 귀 기울였다. 그제야 느낄 수 있었다. 서로의 목소리가 아름다운 조화를 이룰 때의 그 쾌감! ‘아, 오늘 점심시간도 참 알차게 보냈다!' 뿌듯한 기분이 들었다.

여고 시절 참여했던 음악 활동 하나하나가 학업 스트레스로부터 나를 지켜주었었다. 시험 기간 받은 스트레스도 친구들과 노래방에서 신나게 노래를 부르며 풀었다. 샛별을 보며 등교하고 달이 뜨면 하교하는 일상의 연속이었지만, 음악을 듣고 부르니 그다지 힘들지 않았다.

학창 시절 봉사활동을 위해 친구들과 요양병원을 찾아간 일이 있었다. 처음 방문한 요양병원은 생기라곤 찾아볼 수 없었다. 나이 지긋하신 할머니, 할아버지께서는 대부분 어두운 표정이셨다. "할머니~ 저희 봉사하러 왔어요." 여고생들이 밝게 인사를 해도 고개만 작게 끄덕일 뿐 아무 말씀이 없으셨다.

요양병원 봉사활동을 결심하고 우리는 삼삼오오 조를 나누어 다양한 활동을 계획했다. 어르신들께 휠체어로 산책시켜 드리기, 청소하기, 조리사분들을 도와 음식 만들기 등 다양한 아이디어가 나왔다.

"얘들아, 음악으로 좀 즐겁게 해 드리면 어때?"

나는 어떻게 봉사를 하면 어르신들께 가장 행복한 시간을 선물할 수 있을까 고민하며 "트로트를 부르자"라고 제안했다. 당시 잘 알려진 장윤정의 노래 '어머나'와 강진의 '땡벌'을 부르면 정말 좋아하실 거라 확신했다. 이 노래들은 친구들과 노래방에 가면 스트레스 해소용으로 자주 부르던 곡이었기 때문에 특별히 모여 연습할 필요도 없을 것 같았다.

교복 아래 체육복 바지로 갈아입고 목에는 크리스마스트리를 꾸미는 화려한 프릴을 둘렀다. 어르신들은 우리가 등장하자마자 큰 박수로 환호해 주셨다. 어두운 표정으로 멍하니 텔레비전을 보거나 창밖을 바라보는 모습은 온데간데없었다. 공연 시작도 전에 기대에 찬 표정으로 싱글벙글하셨다. 이날 우리의 봉사는 대성공이었다. 무대와 객석의 구분이 없어지고 우리가 부르는 노래에 맞춰 어깨춤까지 추셨다. 처음 도착했을 때 요양병원 병실에 홀로 누워 가족들이 오기를 기다리던 어르신들의 모습과 너무 달랐다.

"안녕히 계세요~ 다음에 또 올게요."

할머니, 할아버지께서는 우리를 끝까지 배웅해 주시며 진심으로 고마워하셨다. 한 달에 한 번 찾아오는 손녀가 생각났다며 두 손을 따뜻하게 잡아주시는 할머니 모습에 나도 우리 집에 계신 할머니가 생각나서 눈물이 그렁그렁 맺혔다. 이제 떠나야 할 시간이었지만 집으로 향하는 발걸음이 쉽게 떼 지지 않았다. 내 마음은 보람과 기쁨으로 가득 차 있었다. '이것이 음악의 힘이 아닐까?' 생각해 보니 참 뿌듯했다.

'학창시절, 음악이 있었기에 참 행복했다.'

나는 어느새 음악을 사랑하는 소녀로 자라고 있었다.

# 칭찬 한마디에 꿈이 생기다

“훌륭한 코치는 선수들에게, 그들이 현재 누구인가가 아니라 장차 어떤 사람이 될 수 있는가를 알게 해 준다.”

아라 R 파세기안(미국 스포츠인)

“차렷, 경례!”

고등학교에 입학하고 첫 음악 시간, 반장이었던 나는 인사를 하고 자리에 앉았다. 음악 선생님께서 나를 쳐다보시며 “목소리가 아주 우렁차네. 복식호흡이 잘 된 목소리야”라고 하셨다. 태어나서 목소리가 우렁차다고 칭찬을 들은 것은 처음 있는 일이었다. 나는 생각지도 못한 선생님의 칭찬에 기분이 좋았다. 게다가 내가 좋아하는 음악 과목이어서 그날은 유독 집중해서 열심히 들었다. 수업이 끝날 무렵, 선생님께서는 ‘가사 외워오기’ 숙제를 내주셨다. 다음 시간부터는 숙제 검사를 위해 학생을 지명하여 앞에 나와 노래를 시키겠다고 하셨다.

"반장, 앞에 나와 노래 불러봐!"
"네? 네!"

반장인 나를 처음으로 시키실 수 있을 거라고 예상은 했었다. 그런데도 막상 새 학기에 아직 친해지지 못한 친구들 앞에서 노래를 부르려니 긴장되고 떨렸다. 머뭇머뭇 교탁 앞에 나왔다. 반 친구들도 숨을 죽이고 선생님의 피아노 반주가 흘러나오는 것을 듣고 있었다. "까로 미오 벤, 끄레 디 미알멘." 나는 떨리는 목소리로 노래를 시작했다.

'이왕 부르게 된 거, 가사 외운 대로 열심히만 하자.'

나는 점점 본래의 내 목소리를 내었다. 노래 한 곡을 끝까지 다 부르자, 선생님께서는 "목소리가 커서 참 좋다"라고 하셨다. 다음 음악 시간도 또 그다음 시간에도 숙제 검사는 계속되었다. 반장이라는 이유로 나는 첫 번째 단골 선수였다. 그래서 매주 음악 시간이 나에겐 긴장의 연속이었다. 그래도 체면이 있는데 혹여 가사를 잊고 창피를 당할까 봐 집에서 여러 번 반복 연습을 했다. 그때마다 선생님께서는 빼놓지 않고 칭찬을 해 주셨다. 친구들 앞에서 칭찬을 받는 시간이 늘어나자 점점 나는 내 노래에 자신감이 생겼다.

"유진아, 넌 참 노래를 잘하더라!"
"오늘 떡볶이 먹으러 우리 집에 같이 갈래?"

며칠 뒤 반에서 친하게 지내는 친구가 자기 집에 놀러 오라고 했다. 그 친구는 평소에도 생각이 깊고 상대를 잘 배려해서 함께 이야기를 나눌 때면 마음이 편했다. 나는 흔쾌히 "그래!"라고 대답했다. 수업이 끝나고 친구 집에 놀러 가보니 정말 넓고 큰 집이었다.

"어서 오렴, 우리 시은이가 노래를 잘하는 반 친구가 있다고 해서 초대했단다. 아줌마는 대학 때 성악을 전공했거든. 네 노래가 듣고 싶은데 한번 불러볼래?"

떡볶이를 보기도 전에 시험대에 올랐다. 나는 얼떨떨한 마음을 가라앉히고 친구가 손을 이끄는 방으로 들어갔다. 세상에! 그 방은 그랜드 피아노를 위한 방이었다. 친구 어머니께서는 음악 교과서에 나오는 한국 가곡을 능수능란하게 반주하셨다. 나는 그동안 음악 시간에 배운 곡을 최선을 다해 불렀다. "듣던 대로 노래를 참 잘하는구나!"라는 칭찬을 듣고서야 "후유~" 안도의 한숨이 나왔다.

크고 작은 무대 경험을 가질 때마다 나는 점점 더 자신감이 붙었다. 무대에 섰을 때 나를 바라보는 친구들의 시선도 자연스럽게 즐길 수 있는 여유가 생겼다. 1학년 2학기를 앞둔 마지막 음악 시간에 선생님께서 나를 부르셨다.

"선생님은 네가 사범대학 음악교육과에 진학해도 좋을 것 같은데, 네 생각은 어떠니?"

나는 집에 와서 그간 학교에서 있었던 일을 부모님께 말씀드렸다. 딸이 음악에 소질이 있다는 칭찬을 들었다고 하면 기뻐하실 거라는 내 예상은 보기 좋게 빗나갔다. 특히 영어를 잘하는 딸을 자랑으로 여기셨던 아버지의 반대가 심했다.

당시에 자식을 예체능으로 대학 공부시키려면 집안 기둥뿌리 하나씩 뽑힐 정도로 돈이 많이 든다는 생각이 일반적이었다. 음악을 전공하면 '예술가는 인생이 팍팍하다.', '돈이 많이 든다.', '뒷바라지하려면 허리가 휜다.'이런 부정적인 인식도 큰 걸림돌이 되었다. 나는 3남매 중 첫째였다.

"아빠, 저는 제 몸이 악기니까 악기를 전공하는 친구들보다는 돈이 덜 들어요. 지금은 천 원어치도 안 되는 소리를 내는 악기일지 모르지만, 노래도, 공부도 열심히 해서 꼭 멋진 음악 선생님이 될게요. 꼭 사범대에 가서 음악 선생님이 되고 싶어요. 부디 성악을 배울 수 있게 허락해 주세요."

나는 진로 문제로 한동안 울며 학교에 다녔다. 내 인생에서 하고 싶은 것이 그토록 간절했던 적은 없었다. 부모님의 반대에도 불구하고 성악을 공부해보고 싶었다. 사범대에 진학한 뒤 음악 선생님이 되고 싶다는 내 꿈이 점점 더 간절해졌다. 부모님의 걱정도 이만저만이 아니었을 것이다. 오죽하면 교회를 다니시던 분들이 딸의 진로 문제로 철학관에 다녀오셨을까! 그 정도로 자식의 앞날이 걱정되셨던 모양이다. 나는 합창부 활동으로 꾸준히 노래를 부르면서 축제 무대에도 설 수 있게 되었다.

노래 부르는 사람은 노래를 잘 부르는 것뿐만 아니라 표정까지 좋아야 한다는 음악 선생님의 가르침으로 우리 학교 모든 학생은 음악 시간에 '거울, 벨트, 명찰' 삼 종 세트를 가져가야 했다. 벨트로 호흡의 감각을 느끼고 거울을 꺼내어 책상 위에 올려두고 노래 부르는 내 모습을 한 시간 동안 직접 모니터링 할 수 있었다. 내 모습을 보며 노래 부르는 것은 신선했다. 처음에는 사랑 노래를 부를 때에도 이별 노래를 부를 때에도 무표정으로 불렀지만, 거울에 비친 내 표정을 보니 '이렇게 불러서는 안 되겠구나!' 하는 생각이 들었다. 어떤 친구는 자기가 노래 부를 때, 고음이 나오면 자기도 모르게 미간에 인상을 쓴다는 사실을 발견하고 놀라워했다. 나도 매시간 발전하는 내 모습을 관찰하며 성악을 더 공부하고 싶어졌다. 음악 선생님이 되고 싶다는 마음도 커져만 갔다.

"유진이는 음악에 재능이 있습니다. '사범대학 음악교육과'로 진로를 정하면 잘할 것입니다."

음악 선생님께서 나의 고민을 들으시더니 부모님을 직접 설득해 주셨다. 나의 잠재력을 발견해 주시고 재능을 키워 주신 선생님이 계셨기에 본격적으로 성악 공부를 시작할 수 있었다. 나는 꿈에 그리던 '사범대 음악교육과'에 들어갔다. 수능 점수에 맞추어 원하지 않는 대학과 전공 진로를 선택하는 친구들과 달랐다. 나의 재능과 적성을 살려 진로를 잘 찾아왔다는 사실에 기뻤다.

"나는 꼭 음악 선생님이 될 거야!" 내 꿈을 향한 첫발을 딛게 된 것이다.

# 베트남에 울려 퍼진 '진도 아리랑'

"당신이 꿈도 꾸지 못했던 것들을 가능하게 할 힘이 당신 안에 잠들어 있다. 당신이 생각을 바꾸기만 하면 그 능력이 밖으로 걸어 나올 것이다."

맥스웰 몰츠

'월남전 피해 지역 찾아 사랑의 손길, 베트남 국제 봉사단 모집'

대학교 3학년 겨울방학이었다. 나는 평소에도 게시판을 눈여겨보는 학생이었다. 방학 기간 배울만한 것이 있는지, 참여할 만한 행사가 있는지, 눈을 크게 뜨고 다니다 보니 발견한 것이 있었다. 학교 게시판에서 '베트남 국제 의료, 문화 봉사 지원자'를 모집한다는 포스터였다.

"유진 학생, 베트남에 있는 한국어학과 학생들에게 민요를 가르칠 수 있겠어요?"

면접장에 들어서서 받은 첫 질문이었다. 이번 봉사 프로그램에는 의료봉사뿐 아니라 베트남 호찌민시에 있는 인문사회과학대학에서 베트남 학생들과의 문화교류 활동도 포함되어 있었다. 나는 음악전공인 나의 강점을 살려 우리나라 전통 민요를 알리고 싶었다. 우리나라 전통음악을 외국인에게 알려주는 짜릿한 경험에 도전하고 싶었다.

'이 질문에 제대로 답하지 못하면 바로 탈락이겠구나.' 순간 머릿속이 하얗게 되었다. 하지만 숨을 크게 한번 내쉬고 침착하게 대답했다.

"네, 할 수 있습니다. 우리 민요를 세계에 알릴 좋은 기회에 도전해보고 싶습니다!"

면접이 끝나고 긴장한 탓에 다리에 힘이 쫙 풀렸다. '야 김유진, 어쩜 그렇게 확신에 찬 대답을 할 수 있어!! 어휴, 못살아. 베트남에 가고 싶어서 정신을 놨나 봐.' 잠들기 전 수도 없이 이불 킥을 했다. 그날 밤엔 한숨도 자지 못할 만큼 간절하게 합격하고 싶었다. 물론 그 기회가 가져올 부담감 또한 오롯이 나의 몫이었다.

일주일 뒤, 합격 소식을 받았다. 합격 문자를 읽는데 내 심장 소리가 "쿵쾅쿵쾅" 밖에서 들리는 듯했다. 정신이 번쩍 들었다. 클래식을 전공한 나는 어쩔 수 없는 성악 발성이 몸에 배어있었다. 단 한 곡일지라도 우리나라를 대표해서 그들에게 알려주는 민요였다. 그래서 부담이 컸다. 한국어로 소통이 안 되면 베트남어나, 영어로 가사의 내용을 전달하는 상황도 미리 대비해야만 했다.

나는 가장 먼저 국악 수업을 맡고 계신 교수님을 찾아가서 조언을 구했다. "방학 기간에 참 의미 있는 일을 경험하게 되겠구나!"라고 하시며 진심으로 축하해 주셨다. 연습해보고 궁금한 것은 언제든지 물어보라고 하시며 격려도 아끼지 않으셨다. 그 사이 우리 대학으로 유학 온 베트남 친구도 수소문하여 사귀어 두었다. "네, 할 수 있습니다"라고 했던 나의 말에 대해 큰 책임을 느꼈다. 아무리 한 곡이라도 최선을 다해 미션을 완수하려고 몇 날 밤을 새워 준비했는지 모른다.

의료·문화 봉사의 일정계획은 이랬다. 베트남과 캄보디아 접경지대인 '티아 닌' 지역에서 약 500여 명의 주민에게 의료봉사를 하고 자매대학인 '호찌민 인문사회과학대학' 학생들과 문화교류를 하기로 되어있었다. '티아 닌' 지역은 월남전 당시 격전 지역이었다. 특히 전쟁 피해를 입은 주민들과 고령자들이 많이 살고 있었다. 우리는 의료진과 함께 필요한 구호 물품과 의약품을 준비하고 의료봉사를 계획했다. 의료봉사 일정이 마무리되면 자매대학인 호찌민 인문사회과학대학에서 문화 봉사를 이어가게 된다. 베트남 대학생들에게 한국의 사물놀이 공연을 선보이고, 한국민요 수업과 한국 관련 퀴즈대회를 열기로 했다.

'드디어 베트남이다!'

들뜬 마음을 안고 공항에 내렸다. 9박 10일 동안 늘 새로운 일들과 도전이 있으리라 생각하니, 떨리고 기대되었다. 거리에 오토바이들이 줄다리기하듯 일렬로 길게 늘어서 있었다. 검은 매연을 의식한 듯, 사람들은 눈만 내놓은 채 모두 마스크를 쓰고 있었다. 여느 방학과 똑같이 보낼 뻔했던 나에게 이런 특별한 기회가 찾아오다니, 얼마 만에 느껴보는 설렘인가! 버스를 타고 다시 네 시간여 달려 도착한 시립병원에는 벌써 소문을 듣고 많은 사람이 모여 있었다.

출국 전 열다섯 명의 봉사대원은 각자 맡은 일을 분업해두었다. 현지에서 끊임없이 밀려드는 환자들 속에서 능숙하게 안내하고 상담한 후 약을 처방할 수 있었다. 나는 현지 도우미 학생과 함께 '접수'를 맡았다. 그렇게 시작된 의료봉사 첫날부터 내 상상과는 조금 다른 모습들을 보게 되었다.

접수대에 앉아 한 분 한 분 이름을 물어보고 도움을 드리는 사이, 정말 많은 사람이 다이옥신에 노출되어 후유증으로 고생하고 있다는 사실을 눈으로 확인할 수 있었다. 다이옥신은 소량을 섭취하더라도 인체에 축적되어 치명적인 결과를 낳는 무색무취의 맹독성 화학물질로 주로 쓰레기 소각장에서 발생하는 환경호르몬이자, 1급 발암물질이다. 미군이 베트남 전쟁 때 사용한 고엽제의 주성분이기도 하다. 과거 베트남 전쟁 당시 고엽제로 인해 이 지역의 물과 토양 대부분이 다이옥신으로 오염되었고 이렇게 오염된 토양에서 자란 채소나 풀에 다이옥신이 축적되었다. 이 오염된 채소나 풀을 먹고 자란 가축을 다시 사람이 먹게 되어 다이옥신이 사람 몸 안으로 들어오게 된 것이다. 본래 지방에 잘 녹기 때문에 사람이나 동물의 지방조직에 자꾸만 쌓여 후손들에게 피해를 준다고 한다.

우리는 베트남 전쟁으로 피해가 컸던 이 마을 사람들에게 구호 물품을 나누어 주었다. 그리고 함께 갔던 의사 선생님께서는 환자를 진찰해주셨다. 아침부터 줄을 서서 기다린 환자 중에는 근처 마을에서 소식을 듣고 수십 킬로미터를 걸어왔다고 하는 사람들도 있었다. 매일매일 쉴 틈 없이 바쁘게 부지런히 움직였다.

나는 알 수 없는 장애가 있는 사람을 만났다. 단순히 사고로 신체의 일부를 잃은 사람들이 아니었다. 태어날 때부터 어떤 이유인지 모르게 눈동자가 심하게 흔들리고 얼굴이 기형인 사람들. 지금도 생생하게 기억나는 '전쟁의 상처를 안고 사는' 그들의 모습. 전쟁의 역사가 이토록 이어지다니 너무 가혹하다는 생각이 들었다. 그들은 모든 증상이 베트남 전쟁 당시 사용된 고엽제 때문이라는 사실까지 잘 알고 있었다. 특히 아무 이유 없이 신체적 아픔과 정신적 장애 때문에 힘겨워하는 베트남의 아이들을 보는 내내 마음이 아팠다.

사흘째 되는 날, 눈물이 앞을 가려 끝내 참지 못하고 뒷마당에 가서 엉엉 울었다. 나 자신이 부끄러워졌다. 그동안 내가 당연하게 누리고 있던 것에 대해 소중함을 느끼지 못한 채 살아왔다. 감사한 마음을 갖지 못할망정 지나치게 욕심냈던 것은 없었는지 나를 반성해보고 돌아보는 시간이었다.

의료봉사의 마지막 날, 지역 주민들이 송별회를 해주었다. 그들을 뒤로한 채 발길이 떨어지지 않았다. 마을 사람들이 모두 나와 봉사단 버스가 사라질 때까지 손을 흔들어 주었다. 그동안 물도 나오지 않는 숙소에서 물티슈로 닦아가며 참 열심히 '젊음' 하나로 봉사활동을 했다. 모두 꼬질꼬질한 땀 냄새에 절어 호찌민시로 이동할 때까지 눈을 붙였다. 그리고 마침내 물이 잘 나오는 호찌민 시내의 여관에서 개운하게 샤워를 할 수 있었다. 개미와 벌레들과 함께 잠들었던 지난날과 비교하면 세탁된 침대에 몸을 누일 수 있다는 사실만으로도 얼마나 행복하던지... 모처럼 달콤한 잠에 빠져들었다.

'아! 드디어 문화 봉사의 첫날이 밝았구나!'

문화 봉사는 한류에 관심이 있고, 한국어를 전공하고자 하는 베트남 대학생들에게 우리 민요 '진도 아리랑'을 가르치는 일이었다. 나는 준비해간 파워포인트 화면을 띄워놓고 '영어'로 때로는 '한국어'로 곡에 대한 설명을 이어갔다.

"아리 아리랑 쓰리 쓰리랑 아라리가 났네. 에헤에~"
"아~리랑 음음 으음 아라리가아 났네~~"

한 소절씩 내가 천천히 선창하면 학생들이 따라 부르기 시작했다. 사실 베트남 학생들이 좋아하고 즐겨듣는 한국 노래는 지금의 'K-POP'이라는 사실을 잘 알고 있다. 그런 이들에게 내가 '진도 아리랑'을 알려주면 과연 몇이나 관심을 가질까 걱정했었다. 하지만 내 걱정은 기우였다. 학생들은 생각보다 더 적극적이었다. 우리나라 민요를 흥겹게 따라 부르면서 미소 짓는 베트남 학생들을 보면서 많은 생각이 들었다.

내가 어깨 춤 동작을 알려주자 함께 '덩실덩실' 따라 하기도 했다. 짧은 시간이었지만 우리 민요의 전통적인 맛을 내는 데 더 집중해 주었다. 특히 수업 시간에 '떠는 음', '꺾는 음'의 이해를 돕기 위해 내가 '손동작'으로 표현했던 것을 자기들끼리 반복 연습하며 즐겁게 수업에 참여하는 모습을 보고 참 묘한 감정에 사로잡혔다. 더욱이 외국인의 입술에서 우리 민요를 들으니 가슴이 뭉클해졌다.

'가르치는 것이 이렇게 행복하고 보람 있는 일이라니!'

당시만 해도 나는 현장경험이 많지 않은 예비 음악 교사였다. 이 시간을 위해 애썼던 지난 기억이 주마등처럼 스쳐 지나갔다. 한국 문화를 알리고 외국의 학생들에게 수업할 기회가 생겼다는 것만으로도 책임감과 힘이 솟았던 순간, 베트남 학생들에게 어떤 민요를 어떻게 가르쳐야 할지 고민했던 순간, 교수님들께 자문하고 '진도아리랑'을 가르치기로 마음먹었던 순간. 수업을 위해 공들인 시간이 비로소 빛을 발하는 순간이었다. 마침내 한국인 못지않게 맛을 살려 노래하는 학생들의 모습을 보며 감동과 뿌듯함으로 가슴이 터질 것 같았다. 나는 터져 나오는 기쁨과 행복의 눈물을 꾹꾹 눌러 담았다. 정말 행복한 수업이었다.

'사범대에 오길 잘했다!', '교사가 나의 천직이다!'

말이 통하지 않는 낯선 곳에서조차 음악은 감동의 메시지를 전달할 수 있다. 짧은 시간 안에 공감대를 형성하고 친밀감을 느끼게 만드는 힘이 '음악 안에 있다'는 사실을 알게 되었다. 수업이 끝나고 큰 박수와 환호를 받았다. 나는 오히려 학생들에게 박수를 보내주었다. '음악의 힘'을 느끼게 해준 우리 민요 '진도 아리랑'이었다!

이어서 사물놀이 공연을 선보였다. 호찌민 대학교 홀에 자리를 펴고 원을 그려 앉았다. 열다섯 명의 한국 학생들이 준비한 사물놀이 공연, 방학 기간 국제봉사를 위해 매일 학교에서 대여섯 시간씩 모여 연습을 했다. 나는 '상쇠'를 맡았다. 풍물패를 이끄는 지휘자 역할을 하는 상쇠. "개갱갱갱~" 꽹과리 소리가 울려 퍼지고 신명 나는 가락 연주가 시작되었다. 난생처음 듣는 소리와 학교 밖으로 퍼져 나가자 사람들은 가던 길을 멈추고 우리의 연주를 경청했다. 화려한 공연이 끝나자 여기저기에서 박수와 환호성이 들려왔다. 겨울방학을 바쳐 준비했던 베트남 일정이 마무리되고 있었다.

# 음악교육과 사범대 수석,
# 전장 머신의 전설

"교육은 사랑과 본보기다. 그밖에는 아무 것도 아니다."

프뢰벨

"우리 큰 공주가 또 해냈네! 이번에도 전액 장학금을 받아오다니!"
"한 학기 등록금이 380만 원이야? 누나 완전 대박이다."

우리 집에서 나를 부르는 별명이 있었다. 쑥스럽게도 '전장(전액 장학금) 머신'이라는 별명이었다.

가족 모두의 축하 속에서 나는 정말 기뻤다. 하지만 속으로 참 많이 울었다. 나에게 장학금의 다른 이름은 '치열함'과 '간절함'이었다. 학교를 계속 다니려면 스스로 꼭 받아야만 하는 '티켓' 같은 것이었다. 대학의 장학금은 통장으로 바로 들어오는 성과금 같은 것이 아니다. 다음 학기 등록금을 면제해 주는 형식으로 등록금 고지서가 나온다. 나의 공부를 포기하지 않기 위해, 나를 못살게 구는 사람들에게 맞서기 위해 받아낸 투쟁의 결과표였다. 대학만 가면 꿈을 마음껏 펼칠 수 있다고 생각했던 나의 기대는 산산이 조각난 지 오래였다.

"야, 쟤 아직도 학교 다니냐? 어디서 싸가지 없는 게, 선배한테 말대꾸를 해?"

성적 확인을 위해 학과 실에 들어간 날, 내 등 뒤로 들려 온 말이었다. 나는 대학교 2학년 때 일종의 '하극상'으로 된통 찍혀버렸다. 그리고 이것이 내가 열심히 공부하게 된 계기가 되었다. 당시 우리 학과에는 '술 문화' 대신 '신입생 O.T.'와 'A.T.'가 있었다. 'O.T'는 오리엔테이션의 약자로 1박 2일이나 2박 3일 다른 지역에서 단합을 위한 합숙 활동을 말한다. 'A.T.'는 After 오리엔테이션이다. 'O.T.' 이후 학교로 돌아와서 받는 집합 교육을 뜻했다.

"너네는 위아래도 없지? 선배가 엘리베이터에서 내리는데 인사도 안 하네?"

"복장은 그게 또 뭐냐, 어디 술집 나가냐? 오늘 수업 끝나고, 전체집합이다."

전체집합은 6층 연주홀에서 이루어졌다. 때로는 뜨거운 무대 조명 아래에서 '좌로 취침, 우로 취침하며 구르고 오리걸음으로 객석 사이를 걸어 다니기'를 해야 했다. 우리가 한목소리로 외쳐야 했던 구호가 있었다. 바로 "우리는 하나다!"이다. 가끔 선배들은 자신의 행동을 정당화하기 위해 "불만 있는 사람은 말해.", "몸이 아픈 사람은 열외 시켜줄게!"라며 선심 쓰듯 말했다.

그렇다. 난 요즘엔 상상할 수 없는 선배들의 얼차려 문화와 학교 O.T.와 A.T.에 너무나 고통스러운 나날을 보냈다. 군대를 제대하고 온 선배들은 군대식으로 우리를 모아놓고 얼차려를 줬다. 죄목은 '연습실 청소를 깨끗하게 안 한 것', '멀리서 오는 선배를 몰라보고 인사 안 한 것,' '합창 시간에 뾰족구두를 신고 온 것' 등이었다. 항상 누가 잘못을 저질렀는지는 밝혀지지 않았다. 다만 '우리는 하나다!'라는 구호 아래 묻혀 단체로 얼차려를 받을 뿐이었다.

핑크빛 대학 생활을 바란 것은 아니지만 교사의 꿈을 품고 사범대에 입학한 나의 기대와는 너무나 다른 현실이었다. 팔다리가 저릿저릿 온몸이 차가운 바닥에 뒹굴어서 먼지를 가득 쓴 채로 샛별을 보며 내려오던 눈물겨운 하루하루가 쌓여만 갔다.

사범대학 학생이 누구인가? 예비교사가 되기 위해 모인 사람들이 아닌가? 나는 아이들과 소통하며 우리나라의 교육을 짊어질 사람들이 이래서는 안 된다고 생각했다. 선생님이 되고자 모인 집단에서 이런 문화가 있다는 것이 이해되지 않았다. 하지만 대학가에서는 신학기가 되면 이런 체벌을 다룬 뉴스 기사들이 종종 나온다. 나는 학교를 나가는 5일 중 3일을 이렇게 얼차려를 받고, 몸은 늘 근육통으로 욱신욱신했다. 이런 게 대학 생활인 줄 정말 몰랐다. 집이 학교 근처가 아닌 친구들은 막차 시간도 놓친 채 발만 동동 구른 날도 있었다.

결국, 불의를 참지 못하고 난 손을 들었다. 나 역시 누구보다 후 폭풍이 두려웠기 때문에 큰 용기가 필요했다. 멋지게 말할 거라는 자신감은 온데간데없이 내 목소리는 떨리고 갈라졌다.

"저... 저는 이런 체벌이 부... 부당하다고 생각합니다."

"뭐? 너 지금 뭐라고 했어? 정신 줄 놓았냐? 지금?"

"자... 잘못한 바로 그 사람에게 먼저 경고를 주... 주어야 한다고 생각합니다."

그 선배는 적잖이 당황한 모습이었다. 하긴 지금까지 손들고 불만을 말하란다고 정말로 말한 사람은 없었을 것이다. 그리고 잠시 뒤 나에게 날아온 담배꽁초와 과자 봉지...

"김유진이라고 했냐? 너 나중에 크게 후회하게 될 거야. 이 바닥 진짜 좁아! 벌써 선배들한테 찍히면 나중에 어떻게 할래?"

"제게 그런 기회가 온다면 저는 선배를 돕겠습니다."

'안 돼, 여기서 멈출 수 없어. 나는 음악 교사가 되겠다는 내 꿈 하나만 이루면 돼. 그 목표만 생각하자. 이대로 학교를 그만둘 수 없어. 나의 열정을 태우는 땔감으로 쓰자. 나는 물러서지 않을 거야. 부당한 것에 끝까지 저항할 거야. 이런 시련 따위 꿋꿋하게 이겨 내

야 해. 그래 끝까지 누가 이기나 해보자!'

그런데도 속상한 마음에 눈물이 주룩주룩 흐를 때면 고등학교 음악 선생님께서 써주신 연습 노트를 펼쳐보았다. 거기엔 사랑이 담긴 응원이 있었다.

"하루를 연습하지 않으면 내가 알고, 이틀을 연습하지 않으면 아내가 알고, 사흘을 연습하지 않으면 관객이 안다."

마에스트로 지휘자 레너드 번스타인이 했던 말이 선생님의 손글씨로 노트에 적혀있었다. 그래 내가 할 수 있는 일은 그저 꾸준히 목표를 향해 노력하고 나아가는 것뿐이었다. 실력으로 인정받는 것 말이다.

"언니, 저는 언니를 지지해요. 우리가 할 수 없는 일을 해주셔서 감사해요."

종종 화장실에서 마주친 새내기 후배들은 위로의 말을 조용히 건네기도 했다. 그때마다 눈물이 핑 돌았다. 나와 마음이 같은 후배들이 있음에, 나를 지지해주는 사람들이 있음에 감사했다. 그리고 외로운 시절 내 곁에 유일하게 남아 내 편을 들어준 친구가 있어서 견딜 수 있었다. 고등학교 시절부터 나의 피아노 반주를 해준 고마운 친구였다.

물론 그 일이 있고 난 뒤 이어진 선배들의 탄압으로 단체 활동이 필요한 '합창' 과목에서 C+ 학점을 받았다. 성적 문의를 하는 나에게 그 교수님께서는 선배들에게 그런 일을 한 적 있느냐며 단도직입적으로 말씀하셨다. 단단히 낙인이 찍힌 거였다. 그런데도 악착같이 공부했던 다른 과목이 모두 A+이었다. 다행히 그 학기마저 전액 장학금을 받을 수 있었다. 장학금이 아니고서는 처음 경험하는 왕따 학교생활을 이겨 낼 수 없었다. 모두가 한 눈초리로 언제까지 버티나 나를 따돌리는데, 내가 살 길은 오로지 그것뿐이었다.

하지만 내가 그렇게 한 후로 부당한 엠티 문화는 점점 사라졌다. 예비교사는 민주적이어야 하고 대학은 그런 문화가 형성되는 곳이어야 한다. '학생 한 명이 인사를 안 했다고 반의 모든 아이에게 체벌을 주는 것이 가당키나 한가?'

나의 대학 생활이 순탄하지만은 않았다. 하지만 그렇게 받은 장학금 덕분에 '음악교육과 최초 사범대 수석'으로 졸업할 수 있었다. 졸업식 날, 그동안 나를 정말 힘들게 했던 학생회장 선배가 다가왔다. "김유진, 너 정말 독종이구나!" 하고 칭찬의 말을 건넸다. 그 말을 들으니 쓰러질 때마다 오뚝이처럼 다시 일어나 버텨 온 나의 대학 생활이 파노라마처럼 스쳐 갔다.

너 나중에 크게 후회할 거라고 자신 있게 말했던 그 선배는 졸업 이후 나에게 도움을 요청하게 되었고, 나는 내가 했던 말처럼 그 선배를 기꺼이 기쁨으로 도왔다. 나에게 전화를 해서 말을 꺼내기까지 고민했을 선배 모습을 상상해 보니 뭐랄까, 정말 통쾌하게 복수하는 느낌이었다.

“인생의 가장 큰 기쁨은 당신은 할 수 없다고 말하는 사람들에게 무엇인가 하는 것이다.” -월터 게이지 핫

# 선생님, 음악은 왜 배워야 해요?

"전 세계적으로 교육은 대학에 들어가기 위한 절차에 불과하다. 결과적으로 많은 훌륭한 재능과 창의력을 가진 아이들이 스스로 착각에 빠지도록 만들었다."

켄 로빈슨(영국 교육학자)

사범대 학생이라면 누구나 교육실습의 기회가 주어진다. 나도 대학교 4학년 때 예비교사로 실제 학교 현장을 경험했다. 그동안 배운 음악교육 이론을 토대로 학생들에게 수업할 생각을 하니 설레고 기대되었다. 온 가족이 모여 식사를 하는 저녁 시간이었다.

"우리 딸, 인기스타 교생선생님 되는 건가?" 하며 웃으시는 어머니와 달리 아버지께서는 "이론과 실제가 아주 많~이 다를 거다!"라는 의미심장한 말씀을 하셨다. 아버지의 말씀에 대해 깊이 생각해보지 않았다. 단정한 옷을 골라 옷걸이에 걸어 두고 일찍 잠자리에 들었다.

'아! 드디어 기다리던 교생실습이구나.'

학생들을 만날 기대에 부풀어서였을까? 아침 일찍 눈이 떠졌다. 첫 출근을 위해 어젯밤 다려놓았던 블라우스, 너무 짧지 않은 검정 치마, 교생 명찰, 교생실습 일지까지. 이것저것 챙길 것이 많았다. '오늘부터 학생들의 이름을 한 명 한 명 모두 외우리라!'

나는 기독교 중학교에서 교생실습을 하게 되었다. 교장 선생님께서 교생들을 모아놓고 말씀하셨다. "선생님들, 4주 동안 많은 것을 보고 경험하게 될 것입니다. 생각보다 어려운 환경에 있는 학생들이 많이 있습니다. 우리 아이들을 선생님들께서 사랑으로 보살펴 주시리라 믿습니다." 교생들의 눈빛이 빛났다.

"선생님들은 예비교사의 사명을 가지고 이 자리에 오셨을 테지요. 어떤 학생들에게 더 눈길이 갈 것 같은가요? 말썽을 부리는 학생? 친구를 괴롭히는 학생? 수업 시간에 잘 참여하지 못하는 학생? 그래요. 이 학생들을 바른길로 지도하는 것도 물론 중요합니다. 그렇지만 이 과정에서 오히려 학습에 충실하게 임하는 학생들이 사랑받지 못하고 소외될 수 있습니다. 말이 필요 없이 스스로 잘하는 학생들도 한 번쯤 챙겨봐야 합니다. 그 아이들에게도 사랑을 나눠줘야 합니다."

나는 그 말씀이 참 신선했다. 대학을 다니면서 느낀 것이 있다. 좋은 교사가 되기 위해서는 "인간을 사랑하는 마음이 있어야 한다는 것이다." 나는 4주 동안 다양한 학생들을 만나며 사랑과 관심을 쏟겠노라 다짐했다. 음악 수업도 최선을 다해 지도할 자신이 있었다.

나는 1학년 3반의 부담임이 되었다. 음악 선생님이셨던 담임선생님께서는 나에게 수업할 기회를 많이 주셨다. 아마도 내가 수업에 대한 경험에 목말라 있다는 사실을 눈치채셨던 것 같다. 감사하게도 매시간 나의 수업을 지켜보시고 수업이 끝난 후에는 적극적으로 피드백을 해주셨다. 진심이 담긴 칭찬과 격려도 아끼지 않으셨다. 다음 수업을 준비하는 데 큰 도움을 받았다.

"이제 어느 정도 수업에 익숙해져 있는 것 같으니 혼자서 수업을 해보는 것은 어때요?"

"혼자... 할 수 있을까요? 선생님이 계셔서 아이들이 잘 참여해준 것 같은데요."

두려움 반 설렘 반으로 혼자서 음악 수업을 하게 되었다. 어미 새의 도움 없이 먹이를 구해야 하는 아기 새가 된 것 같았다. 소중한 경험이라고 생각하며 기회가 될 때마다 수업을 이끌어 나갔다. 나도 직접 교단에 서보기 전까지, "수업 시간에 앞에서 보면 너희들 한 명 한 명 뭐 하는지 다 보인단다"라고 하셨던 선생님들 말씀이 무슨 뜻인지 이해하지 못했다. '에이, 거짓말! 어떻게 다 알아?' 했었다. 적어도 음악 시간에 몰래 딴짓을 하던 그 학생을 만나기 전까지는.

그 아이는 다른 반의 반장이었다. '반짝 스타' 교생이 가르치는 수업이라면 호기심으로라도 집중해서 봐줄 법하지 않은가? 그런데 그 학생은 "차렷, 경례!" 빠르게 인사를 하고 자리에 앉아 딴짓을 시작했다. 한 시간 내내 책상 서랍에서 무언가를 몰래 뺐다, 넣었다 하는 거였다. 도대체 무얼 하고 있는지 호기심이 생겼다. 다른 학생들에게 학습 활동지를 시켜놓고 교실을 여러 차례 돌면서 그 아이는 관찰했다. 알고 보니 몰래몰래 영어단어를 외우고 있었다. 외우고 있는 단어가 중학교 1학년 수준보다 한참 높았다. 토익이나 토플을 준비하는 데 필요한 단어 수준이었다.

"I don't think the book you're looking at is a music book."
"This is music class. Can you focus on me?"

순간 긴 정적이 흘렀다. 나는 영어로 "지금은 음악 시간이니까 선생님에게 집중해 주었으면 좋겠다"라고 이야기한 것이다. 그 말을 모두 이해했는지 아이의 얼굴이 빨개졌다. 그리고는 아무 말 없이 단어장을 가방 속에 집어넣었다. 영어로 분위기를 제압했지만, 나머지 학생들은 영어를 하는 내가 신기했나 보다. 정적을 깨고 갑자기 한 아이가 소리쳤다.

"선생님 지금 영어로 말했어요? 영어 할 줄 알아요?"

음악을 이야기해야 하는 음악 교사인 내가, 영어를 말하자 더 주목받고 있는 아이러니한 상황이었다. 내게 4년간의 대학 생활은 '교생실습'을 위한 것이었는지도 모른다. 음악 교육자들의 이론을 공부하며 창의적인 음악 수업을 상상했다. "삶이 없이는 예술이 존재할 수 없듯이 예술 없이도 삶이 존재할 수 없습니다." 헝가리의 음악 교육자 졸탄 코다이의 말이다.

진짜 음악 선생님이 되어 교단에 서면 학생들과 재미있는 수업을 하리라 꿈꿔왔다. 교생 신분으로 나의 꿈을 마음껏 펼치리라 기대하고 간 건 아니었다. 적어도 수업에 대한 내 열정이면 학생들의 빛나는 눈빛은 볼 수 있을 거라 기대했다. 마주한 현실은 기대와 달랐다. 팔다리에 힘이 빠져버렸다. 표현은 안 했지만, 실망을 안고 집에 돌아온 하루였다.

나는 동기들에게 고민을 털어놓았다. 당시 교생실습을 하던 동기들끼리 단체 카톡방을 만들었다. 서로의 수업에 대한 조언과 상담으로 채팅창은 늘 바빴다. "학생들이 음악을 전혀 배우고 싶어 하지 않아서 수업을 이끌어 나가는 데 힘이 빠진다"는 하소연이 시작되었다. 현직 음악 선생님께서 "애들이 시험 전에 벼락치기라도 해주면 감사하지"라는 말씀을 하셨다는 이야기까지...

"대학 들어갈 때 중요하지도 않은 음악, 왜 배워야 하는지 모르겠어요."

"제가 음악의 아버지, 음악의 어머니를 왜 알아야 해요?"

이것이 아이들의 질문이었다. 그때마다 음악이 스며있어서 참 행복했던 나의 학창 시절 이야기를 해주었다. 너희가 죽고 못 사는

'K-POP' 오빠들 노래도 좋지만, 더 오랜 시간 동안 사랑받아 온 고전음악이 있다며 작곡가에 얽힌 사랑 이야기를 들려주기도 했다. 교양과 상식을 쌓아야 한다고 타일러도 보았다. 그때마다 아이들의 반응은 영 시큰둥했다.

2015 개정 교육과정이 '전인적인 교육'을 외치며 변화했다고 하지만 우리 사회는 입시 위주의 교육이라는 현실이 가로막고 있다. 아이들에게는 영어만, 음악만 중요한 것이 아니다. 전인적인 교육, 균형 있게 가르치는 것이 중요하다. 우리는 아이들에게 무엇이든 골고루 먹어보라고 말한다. 못 먹는 음식도 싫어하는 음식도 한번 도전해서 먹어보라고 한다. 하지만 교육에서는 새로운 도전이 용납되지 않는다. 대학입시라는 현실에서 국, 영, 수 위주의 편식을 권하고 있는 것이 아닐까?

차가운 현실에 부딪혀 마음을 다쳤다. 그러나 교사가 되겠다는 초심만은 잃지 않아야겠다고 생각했다. 음악을 알아가는 것이 얼마나 흥미진진한 일인지 수업으로 보여주고 싶었다. 내게 남은 시간이 많지 않았다. 학교에서 '왕따' 당하는 음악을 구해줄 방법은 그뿐이었다. "신에겐 여전히 열두 척의 배가 남아있나이다"라고 했던 이순신 장군의 말씀을 빌려 "신에겐 아직 열두 시간의 수업이 남아있나이다"를 외칠 무렵, 음악 교생으로서 마지막 넷째 주가 남아있었다.

음악은 늘 먹는 밥이나 국과 같은 존재는 아니다. 대신 맛있는 돈가스나 향이 진한 카레 같은 '일품요리'가 되어야 한다.

# 음악 따위
# 그만두기로 했다

"생각하는 것이 인생의 소금이라면 희망과 꿈은 인생의 사탕이다. 꿈이 없다면 인생은 쓰다."

바론리튼

교생실습이 마무리되는 넷째 주, 학교에 경찰차가 떴다. 나는 무슨 영문인지 몰라 다른 선생님들께 여쭤보았다.

"선생님 반에 K군 말인데, 걔가 경찰에 신고했대."
"어휴... 저 문제아 녀석... 정말 큰 일이야!"

K군은 상습적으로 112에 신고했다. 처음에는 선생님이 수업 시간에 자신에게 '욕'(언어폭력)을 했다고 신고했다. 두 번째는 '때렸다'(꿀밤)고 신고했고, 세 번째는 허위 신고를 했다. 그때마다 사실을 확인하기 위해 경찰이 출동했다.

처음 만난 제자가 일주일에 세 번이나 학교로 경찰을 부르는 기가 막힌 상황! 나는 정신이 아득했다. 물론 과장된 허위 신고였다. 하지만 사건 경위를 조사하는 경찰 앞에 선 그 선생님의 표정은 슬픔이 가득했다.

나는 초조한 마음으로 상황을 지켜보고 있었다. 그때 나에게 한 선생님이 다가오셨다. 평소 나를 예쁘게 보시고 따뜻한 말씀을 해주시던 연세 지긋한 선생님이셨다.

"유진 선생님, 학교에 남지 말아요... 아직 한창인데, 선생님 말고 다른 일도 많잖아요."

"맞아요... 그 예쁜 미소가 다 사라질지 몰라."

옆에서 다른 선생님도 한마디 건네셨다. 그날 사건 이후 내 마음속에 아픈 말이 남았다. "저기 저 선생님도 꽃처럼 예쁠 때, 학교에 와선... 이제는 자주 슬퍼 보여요."

"스승의 그림자도 밟지 않는다." 이 옛말은 이미 사라진 지 오래다. 나 역시 선생님 대접을 기대한 것은 아니었다. 학생들과 함께 활력이 넘치는 음악 수업을 하고, 나로 인해 아이들이 긍정적으로 변화될 모습을 상상하고 온 것이었다. 그렇지만 학교의 현실에 너무나 큰 충격을 받았다. 교권이 이렇게 추락해 있다니... 반면, 교사가 처리해야 할 업무는 상상을 초월했다. 교과수업 외에도 생활지도, 학교폭력 위원회 등 수업 외에 챙겨야 할 것이 많았다. 현장에서 선생님들의 고충을 직접 눈으로 확인해보니, '교사'라는 직업이 더 힘들게 느껴졌다.

그날 점심시간이었다. 점심시간이야말로 아이들과 친해질 수 있는 시간이었다. 나는 우리 반 아이들의 이름을 일주일 안에 모두 외웠다. 누가 누구랑 친한지, 사춘기 시절 묘한 감정을 느끼는 학생들도 눈빛만 보면 다 알아챌 수 있을 만큼 학교생활에 적응한 나였다. 이상하게 그날따라 점심을 먹고 빨리 교실로 가보고 싶어졌다. 학생들이 점심시간에는 무엇을 하며 지내는지 궁금했다.

"애들아, 점심 맛있게 먹었니?"

교실 문을 열고 들어선 순간, 분위기가 심상치 않았다. 아이들은 하나둘 자리에서 일어나 흩어졌다. 순식간에 홍해가 갈라지듯 두 편으로 나누어졌다. 한쪽에는 반장이 서 있었고 맞은편에는 우리 반 싸움 짱 K군이 서 있었다. 보아하니 얼굴이 벌겋게 달아오른 쪽은 반장이었다. 무슨 상황인지 파악할 단 1초의 시간도 없었다. 일촉즉발의 상황에서 나는 판단했다.

'둘 중 누구를 내 힘으로 감당할 수 있을까?'

나는 반장이 K군에게 돌진하는 순간 내 온몸으로 막았다. 그냥 달려가서 반장을 꼭 껴안았다. 반장은 울부짖는 목소리로 말했다.

"놔요! 놔봐요! 저 새끼 죽여버릴 거야!"

"저 새끼가 우리 엄마를 창녀라고 했단 말이에요!"

충격적인 말이었지만 그럴수록 온 힘을 다해 둘을 떼어놓아야 했다. 할 수 있는 다른 방법이 없었다. 이런 순간에 어떻게 대처해야 한다는 방법도 떠오르지 않았다.

"그랬구나, 정말 화가 많이 나겠다... 선생님도 화나는데 너는 오죽하겠니."

꼭 안은 채로 한참을 대치하며 반장에게 위로의 말을 계속 건넸다. 결국. 반장은 몸에 힘이 풀리고 주저앉아 눈물을 쏟았다. 격앙되었던 상황이 어느 정도 진정된 듯했다. 나는 다른 학생을 시켜 어서 담임선생님께 말씀드리라고 했다. 그제야 나에게도 사건을 정확하게 파악할 여유가 생겼다. 주변 학생들에게 물어보니 K군이 갑자기 시비를 걸며 반장 부모님을 욕했다고 한다. 그리고 머리끝까지 화가 난 반장이 달려들려던 찰나에 내가 들어온 것이다. 그 사건 이후에 알게 된 사실이지만 반장 아이의 부모님은 두 분 다 의사셨다.

평화로운 줄 알았던 점심시간. 내가 몇 분만 늦었더라면 어떻게 되었을까! 상상조차 하기 싫었다. 누구 하나 선뜻 나서지 못했던 그 상황에서 철없는 몇 학생들은 "싸워라. 싸워라"라고 하며 오히려 부추기고 있었던 모습이 스쳐 갔다. 안도의 한숨을 쉬며 가슴을 쓸어내렸지만, 구경만 하던 아이들에게 느꼈던 실망감을 감출 수 없었다.

주말을 보내고 출근한 월요일이었다. 교무실 책상 위에 초콜릿 한 개와 작은 쪽지가 놓여있었다. “선생님 제가 토했을 때 치워주셔서 감사합니다. 선생님, 꼭 우리 학교의 음악 선생님이 되어주세요.”

쪽지를 확인하고 나니 떠오르는 학생이 있었다. 음악 시간에 토했던 그 여학생이 가져다 놓은 것 같았다. 오전 수업 시간, 출석을 부르는데 뒷자리에 앉은 학생의 얼굴이 창백하고 컨디션이 좋지 않아 보였다. 아니나 다를까 수업 도중에 “웩, 웩” 하는 소리가 났다. 토사물에는 소불고기가 소화되지 않은 채로 그대로 있었다. 학생들은 소리를 지르며 “으악, 냄새. 대체 뭘 먹은 거냐”, “더러워!” 하며 한바탕 난리가 났다. 그 학생은 곧 울음이 터지기 직전이었다. 교복이며 책이며 온 곳에 토사물이 튀었다.

모든 학생이 이제 나를 바라보고 있었다. 적어도 나는 아무렇지 않은 척해야만 했다. 나도 비위가 강한 편이 아니다. 오히려 그 반대다. 몇 번이나 속에서 헛구역질이 올라오는 것을 꾹 참아야 했다. 아수라장이 된 상황에서 그 누구도 친구를 도와주려 하지 않았다. 나는 학생에게 화장실에 가서 씻고 체육복으로 갈아입고 오라고 했다. 그리고 책상이며 의자 아래 바닥에 흩어진 토사물까지 휴지로 닦기 시작했다. 휴지로 몇 번이나 훔쳐내어 비닐봉지에 담고 숨을 참아가며 젖은 걸레로도 다시 닦았다. 학생들은 그 모습을 한참 동안 지켜보기만 할 뿐, 어느 하나 도와주는 손길이 없었다.

편지를 읽고 뭔가 이상했다. 예전의 나였다면 감동의 눈물을 흘렸을지 모른다. 그런데 교생실습을 하던 지난 일들과 함께 수많은 생각이 주마등처럼 스쳐 갔다. '경찰차가 일주일에 세 번 올라온 일', '시험에 나오지도 않는 음악을 배워야 하는 이유를 구구절절 설명하던 일', '일촉즉발의 점심시간 사건'까지... 4주간의 교생실습을 겪고 내 마음이 지쳐버린 걸까? '선생님이 꼭 되어야겠다!' 늘 외치던 초심이 사라진 기분이었다.

교생실습을 시작하기 전, 나는 '음악 교과'에 대한 자부심이 있었다. 나의 학창시절이 '음악'으로 행복했던 것처럼 학생들에게 음악을 알려주며 행복한 교사가 되기를 꿈꿨다. 그런데 교육현장에서 음악 과목은 '왕따'였다. 아이들에게 음악은 '암기'과목이거나 '중요하지 않은' 과목이었고 더 나아가서는 '공부할 필요가 없는' 과목이었다. 음악은 대학생 시절 왕따를 당하던 '나'와 같았다.

더욱이 교권은 땅에 떨어진 지 오래였다. 이러한 현실 앞에서 나 또한 꿈을 접게 되었다. 교사가 되고 싶었던 내 꿈은 결국 무너져버렸다. 누구 하나 중요하게 생각하지도 않는 이런 음악교육 따위 그만하고 싶었다. 학교에서 음악은 완벽한 '왕따'였으니까 말이다. 주요 교과목 선생님은 똑똑하고 음악 선생님은 빈 깡통이라는 편견에 지쳐버렸다.

내일 당장이라도 임용시험을 볼 것처럼 공부했던 교육학책들은 중고나라에 팔아 치워버렸다. 깨알 같은 글씨로 인터넷 강의를 들으며 정리했던 노트들도 쓰레기통에 들어갔다. 4년 동안 이를 악물고 대학 생활을 버텨낸 내가 음악을 버리기로 했다. 지금까지와는 다른 방향으로 나아가기로 마음먹은 것이다. 임용 대신 취업을 향한 도전을 시작했다.

2장

하루 15분

우쿨렐레의 힘

# 우쿨렐레 연주로 암과 우울증을 이겨내다

아무것도 손쓸 방법이 없을 때 꼭 한 가지 방법이 있다

그것은 용기를 갖는 것이다

# 17 시간 진통,
# "이제 그만 나를 죽여줘"

무한한 가능성이 열려 있는 새로운 시기의
서막이 빛나고 있다."

라이너 마리아 릴케

"너 취집(취직처럼 한 결혼) 가는 거 아냐?"

"남편과 나이 차이가 좀 있나?"

결혼을 앞두고 청첩장을 전하자 농담이 쏟아졌다. 하긴 요즘 시대에 스물넷에 결혼했다고 하면 다들 놀란다. 뭐 그렇게 일찍 결혼했냐고 물으며 어느새 일곱 살이 된 아들과 나를 번갈아 본다. "좋은 사람을 일찍 만나서 일찍 결혼하게 되었어요." 나는 웃으며 말했다.

결혼식 당일, 일부러 허리가 잘록하게 들어가는 웨딩드레스를 골랐는데도, 가까운 지인이며 친척들까지 속도위반을 의심하는 눈빛으로 모두 내 배만 쳐다보았다. 그 무렵 나는 대학에서 계약직 교직

원으로 일하고 있었고, 남편도 직업이 있었기 때문에 '졸업-취직-결혼-임신-육아'의 일반적인 공식에도 어긋나지 않았다. '나이가 뭐 중요한가? 평생 함께하고 싶은 좋은 사람이 나타났으면 일찍 결혼할 수도 있는 거지 뭐!' 나는 대수롭지 않게 생각했다.

결혼 후 1년 반 만에 좋은 소식을 알리게 되었다. 우리에게 아이가 생긴 것이다. 빨리 결혼한 만큼 신혼생활을 길게 가지려고 했던 처음 계획과는 달랐지만 큰 축복에 감사했다. 아이의 임신을 알았을 당시 이미 입덧이 시작된 7주 차였다. 나는 입덧이 심했다. 음식 냄새도 싫었지만, 특히 남편의 스킨 냄새를 참을 수 없었다. 조금이라도 역한 냄새가 나면 바로 화장실로 뛰어 들어가 헛구역질을 시작하는 내 모습에 남편은 아주 놀란 눈치였다. 결국, 남편은 스킨과 로션을 차 안에서 바르고 출근할 수밖에 없었다.

유별난 입덧을 포함해서 나에게 참 많은 변화가 생기는 것을 알 수 있었다. 30년 동안 고기는 깻잎에만 싸 먹었다. 그런 내가 깻잎을 싫어하게 되면서 남편처럼 상추에만 고기를 싸 먹게 되었다. 연애 시절, 초밥 안에 쪼끔 묻어있는 연 겨자마저 떼어내고 다시 스시를 덮어 먹던 나였다. 남편은 연 겨자를 좋아해서 간장보다 더 많은 비율로 섞어 찍어 먹었다. 그런데 웬걸, 임신 기간 동안 연 겨자에 밥도 비벼 먹을 수 있을 만큼 내가 연 겨자를 좋아하게 된 것이다. 매일 스무고개를 하듯 먹고 싶은 음식이 무엇이냐 물어봐 주는 남편이 참 고마웠다. 신체의 변화는 말할 것도 없었다. 내 몸 안에 무언가가 나를 변하게 만들고 있는 게 틀림없었다. 아이와 함께 신기한 나날들을 보내고 있었다. 나는 점점 식욕이 왕성해져서 출산 전까지 몸무게가 25kg이나 늘어났다.

"우리 아가 태명을 뭐로 지을까?"

사회생활을 하면서 센스가 필요하다는 것을 느낀 나는 태명을 '센스'로 짓자고 했는데, 남편은 남자아이는 자기주장을 좀 해야 한다며 '당찬'이라고 하자고 했다. 박당찬... 태명 앞에 성을 붙여 이름처럼 불러보아도 어색하지 않았다. 그렇게 아이의 태명은 '당찬' 이가 되었다. 원래 당찬이와 만나기로 한 날은 3월 25일이었다. 예정일을 한참 넘기고도 소식이 없었다. 결국, 유도 분만을 하기로 한 날이 4월 1일이었다. 만우절 아침에 입원하면서, 제발 오늘은 나오지 않기를 바랐다.

"당찬아, 오늘 네가 태어난다면 네 생일 때마다 거짓말 아니냐고 친구들이 안 믿어줄 수도 있겠는데... 하루만 더 늦게 나올래?"

내가 병원에 입원할 때, 남편은 행군 중이었다. '남편이 휴가를 나올 수 있겠지?'라는 생각을 하며 군대에 소식을 알렸다. 그런데 맙소사! 아이가 태어난 후에 휴가를 신청할 수 있다는 연락을 받았다. 남편이 아이의 탯줄을 잘라줄 수 있으리라 기대했던 탓일까? 뜨거운 눈물이 앞을 가렸다. 지금 당장 보호자가 필요한 상황이라 보호자 없이는 수술을 진행할 수 없다는 병원 원장님과 대대장님과의 한바탕 통화가 이어졌다. 만일 잘못되는 상황이 있다면 책임질 수 있느냐는 여자 원장님의 날 선 말에 다행히 남편은 휴가를 받을 수 있었다.

그동안 내 몸은 구워지는 맥반석 오징어 같았다. 특히 허리통증이 고통스러웠다. 참을 수 없는 진통이 몰려올 때, 애꿎은 병원 침대 난간을 부여잡았다. TV에 출산하는 모습을 보면 남편의 머리를 쥐어뜯기도 하고 심한 말을 하기도 하던데... 극한의 고통에서 아무 말도 할 수 없었다. 신음을 낼 힘도 없이 숨만 겨우 내쉬었다.

진통의 간격은 더 짧아지고 있었다. 불판 위의 오징어가 익어가면서 몸을 웅크리듯 허리가 끊어질 듯이 아팠다. 아픈 것도 아픈 것이었지만 점점 두렵고 무서웠다. 어려서부터 참을성 많다는 소리를 들어온 나였지만 병원 침대의 난간을 부여잡고 하염없이 눈물만 흘렸다. 친정엄마는 자연분만으로 아이 셋을 낳은 애국자셨다. 입원 수속을 밟으면서 엄마는 당연히 자연분만으로 아이를 낳아야 한다고 말씀하셨고 나도 제왕절개는 생각하지도 않았다. 하지만 막상 진통이 시작되자 여유 있던 모습은 온데간데없고 입이 바싹바싹 타들어 갔다. 수술해서라도 어서 아이를 낳고 싶었다.

'당찬아, 엄마가 잘못 생각했어! 생일이 만우절이면 어때, 어서 나와... 제발!'

나는 아침에 뱉은 말을 마음속 깊이 후회하며 아들을 애타게 불렀다. 진통에 힘들어하는 딸의 모습을 보면서 친정엄마께서 많이 속상해하셨다. "워매... 내가 하나 더 낳고 말지 맘 아파서 더 못 보겠소.” 엄마는 울먹이는 목소리로 간호사 선생님께 무통 주사든 진통제든 안 아플 수 있는 것은 다 놓아달라고 하셨다. 그렇지만 자궁이 열리지 않은 상태에서 진통제를 맞을 수 없다는 말만 돌아올 뿐이었다. 나를 바라보던 엄마는 “아이고, 내가 대신 아프면 쓰겠다야”라고 하시며 눈시울을 붉히셨다. 그렁그렁한 눈으로 딸을 애타게 바라보시던 엄마의 눈빛이 아직도 잊히질 않는다. 나는 어서 이 고통이 끝나길 바랄 뿐이었다.

나는 평소 하체가 튼튼하고 허리 골반이 큰 편이다. 그래서 아이 하나쯤은 쉽게 낳을 거로 생각했다. 하지만 아주 큰 착각이었다. 한참 사경을 헤매고 있을 때 남편이 도착했다. 행군을 마치고, 미열이 있는 상태로... 다행히 의지할 사람이 도착했으니 더 힘을 내야 했다.

“이제 그만 나를 죽여줘... 더 이상 고통을 느끼고 싶지 않아!”

17시간째 진통을 겪은 나는 애원하듯 말했다. 아무리 기다려도 자궁이 잘 열리지 않았다. 진통의 순간은 너무나 고통스러워서 더는 견딜 수 없었다. 출산을 앞두고 계단 오르기도 열심히 했고 임산부 요가도 열심히 다닌 나였다. 의사 선생님께서 당찬이도 힘들어서 태변을 먹었다고 말씀하셨다.

그러나 아이를 마주한 순간, 마법처럼 고통이 모두 사라졌다. 힘없는 내 손을 꼭 잡은 채 남편은 눈물을 쏟았다. 무엇보다 남편이 직접 아들의 탯줄을 잘랐다는 사실에 감사했다. 피는 좀 묻어있었지만, 아이를 바로 품에 안을 수 있었다. 꼼지락거리는 아이의 손가락을 물끄러미 바라보았다. '이제 살았구나!' 하는 안도감과 함께 뜨거운 눈물이 흘렀다.

아들의 출산 소식에 많은 사람들이 기뻐해 주었다. 부모님과 친인척들은 아이를 보러 한달음에 와주셨다. 양가의 첫 손주였으니 당찬이가 눈만 깜빡여도 행복해하셨다. 셀 수 없이 많은 축하를 받았다. 당찬이를 위한 선물도 들어왔다. 기저귀, 옷, 아기 띠, 모빌 등 나는 작은 육아용품에도 감사했다.

'너로구나, 내가 너를 만나려고 이 고통의 터널을 지나온 거구나!'

그렇게 나는 '당찬이 엄마'가 되었다.

# 나는 왜 이렇게 일찍 결혼한 걸까?

"아무것도 손쓸 방법이 없을 때 꼭 한 가지 방법이 있다. 그것은 용기를 갖는 것이다."

유대 격언

"요새 아이 돌보기 힘들지?"

아기 띠를 하고 음식물 쓰레기를 버리러 나가는 길이었다. 출근하는 이웃집 언니를 만났다. 언니는 조심스럽게 말을 꺼냈다. 언니는 아이를 둘 키우는 직장 맘이었다. 아이가 둘이지만, 도우미 이모님께서 돌봐주셔서 파트 타임으로 병원에서 근무할 수 있었다. 나는 경력단절 없이 커리어를 쌓아나가는 언니가 내심 부러웠다.

"유진아, 혹시나 해서 물어보는 건데 너... 아이 때리는 거 아니지?"

언니와 나는 윗집, 아랫집으로 친하게 지내는 사이였다. 언니도 나에게 그런 말을 꺼내기가 쉽지 않았을 것이다. 자주 보채고 칭얼대는 아이의 울음소리 때문에 아이를 때리냐는 오해까지 받다니! 난 그저 웃고 말았다. 맹세컨대 아이를 키우는 동안 (현재 7살이다) 실수로라도 작은 꿀밤 하나도 먹인 적이 없다. 내가 아이를 때린다는 것은 상상도 못 할 일이었다.

말 못 하는 아이가 울음으로 의사 표현을 하는 것은 어쩌면 당연한 일이다. 하지만 당시에 당찬이는 너무나 자주 목청껏 울었다. 그리고 초보 엄마였던 나는 마음의 여유가 없었다. 그 길로 소아과에 갔다. '혹시 영양소 결핍 같은 문제는 아닐까? 아이가 이렇게까지 예민할 수도 있나? 아이의 몸에 이상이 있지는 않은지?' 궁금한 것들을 쏟아내어 물어보았다. 다행히 아무 이상 없이 잘 크고 있다는 말을 들었다. 철분제부터 비타민D 등 좋다고 추천해 준 영양제를 한 아름 안고 돌아오는 길에 눈물이 왈칵 났다.

지금도 휴대폰에 간직하고 있는 당찬이의 어린 시절 동영상이 있다. 엄마들 사이에서 '국민 모빌'이라고 불리는 타이니 러브 모빌을 선물 받은 날이었다. '국민 모빌'이라는 별명이 붙을 정도면 육아에 도움이 되는 아이템으로 많은 엄마의 인정을 받은 것이다. 그때는 육아시간 10~15분이 정말 간절하던 때였다. 10분이면 편하게 밥도 먹을 수 있었고, 여유롭게 머리도 감을 수 있었다. 혼자서 아이를 돌보는 초보 엄마에게 떡진 머리, 젖비린내 나는 수유복은 일상이었다. 나도 국민 모빌로 10분의 휴식을 누리고 싶었다.

"다른 아이들은 방실방실 웃기만 하던데 넌 왜 이렇게 싫어하는 거야?"

영상 속의 내가 당찬이에게 하는 말이다. 기대에 부푼 마음으로 모빌을 보여주는 엄마와 처음 보는 모빌이 낯설었는지 크게 우는 아이의 동영상이라니. (하하!) 사용 후기에 보면 눈을 동그랗게 뜨고 모빌을 바라보며 방긋방긋 웃고 있는 아이들의 인증샷만 가득한데 말이다. 그날 나는 아이와 함께 울었다.

친정 식구들이 붙여 준 아들의 별명이 있다. 바로 '인상파'이다. 육아가 아무리 힘들어도 활짝 웃는 아이의 미소 한 번이면 없던 기운도 솟아날 거다. 무더위에 소프트 아이스크림이 녹듯 피곤함도 사르르 없어질 거다. 우리 아들은 그 갓 난 아기 때부터 어찌나 미간에 힘을 주며 인상을 썼던지. 할머니 할아버지께서 하나밖에 없는 손주에게 지어 주신 별명이다. 그 당시 나에게 육아란 '진한 에스프레소보다 더 쓴맛'이었다.

또 다른 별명은 '자운대 사이렌!'이다. 아들이 3살 무렵까지 우리는 대전의 '자운대'라는 동네에서 살았다. 너무나 목청껏 울어대는 아이를 보고 친한 이웃들이 붙여준 기막힌 별명이다. 엄마가 성악을 전공했으니 유전자를 그대로 받은 것이라고 했다. "네 엄마 닮아 목청이 크니 노래를 잘 부르겠다!" 하지만 마냥 웃을 수만은 없는 노릇이었다. 엄연히 울음소리가 컸던 탓에 붙여진 별명이라는 것을 알고 있었기 때문이다. 오래된 아파트라서 층간 소음까지 참 신경 쓰였다.

그 시절 나는 뻔뻔함이 부족했다. 어느 날은 아이가 품에서 잠이 들어 잠시 카페에 들어갔다. 한 시간 넘게 품에서 재우며 길거리를 헤매고 다녔던 나는 정말 목이 말랐다. 그래서 계산대로 다가가 속삭이는 목소리로 음료를 주문했다 "아, 아메리카노 한 잔이요." 카드를 긁는 그 소리에 아이가 깼다. 아기 띠에서 버둥거리며 칭얼대기 시작했다. 울음소리는 어느새 카페 안을 쩌렁쩌렁 울릴 만큼 커졌다. 카페에 있던 모든 사람이 나를 쳐다보는 것 같았다. 어쩔 수 없이 밖에 나가 우는 아이를 달래다가 커피가 나오자 도망치듯 빠져나왔다.

사람이 없어서 소리 내 울어도 괜찮은 숲속에 들어가 유모차를 밀면서 함께 울었다. 아이도 울고 나도 울었다. 매 순간 너무너무 무너질 것 같은 우울한 마음이 들었다.

육아의 모든 순간 내 예상대로 되는 것 하나 없이 어긋나고 있었다. 육아는 내 상상과는 정반대로 흘러가고 있었고 나는 더 이상 버틸 수 없었다. 내 마음처럼 되지 않는 상황 속에서 매일매일 눈물로 보냈다.

'나는 왜 이렇게 일찍 결혼한 걸까? 아이 하나 키우기가 이렇게 어려운 일이라고 왜 아무도 말해주지 않았을까?'

노량진에서 5수, 친구들의 임용 합격 소식이 들어왔다. 얼마나 노력했고 또 얼마나 노력했을까? 나는 진심으로 축하해 주었다. 그러나 한편으로는 마냥 축하해 줄 수 없었다. 이런 생활이 너무나 답답해서, 내 존재가 옅어지는 것 같아서, 나의 20대가 이렇게 사라지는 것이 서글펐다. 나도 밖에 나가고 싶었고 활동하고 싶었다.

"육아는 걱정하지 마라. 낳기만 하면 아이들 다 키워줄 테니!"

그 무렵 친정엄마를 든든한 지원군으로 둔 친구가 제일 부러웠다. 나는 점점 작아졌다. 그나마 카시트에서 잠을 자는 당찬이를 위해 차에 붙였던 무거운 카시트를 떼어와 직접 흔들어 주며 낮잠을 재웠다. 친정, 시댁 도움 없이 홀로 아이를 키우며 남편을 애타게 기다리기만 했다. 무능력한 나, 젖비린내 나는 옷, 기량을 펼쳤던 지난 과거의 영광 따위는 이제 없었다.

# 너 아니면
# 내가 나가야 돼

그대의 눈에 눈물이 쏟아지지 않고는 진리의 골짜기를 보지 못할 것이며, 그대 마음이 찢어지도록 아픔을 겪지 않고는 내면생활을 밝히지 못할 것이다."

쇼펜하우어

"엄마, 나는 모성애가 없나 봐... 내 자식인데 하나도 안 예뻐."

친정엄마에게 전화를 걸었다. 전날 밤에도 한숨을 못 잤다. 어찌나 낑낑대며 새벽 내내 안 자던지... 재워보려고 별별 방법을 다 써 보았다. 배 위에서 재우기, 등에 업고 토닥이기, 아기를 안고 짐볼 위에서 둥가둥가 하기... 녹색 창을 검색해서 아기가 잘 잔다는 포대기는 종류별로 다 샀다. 딱 한 시간만이라도 아이를 재우고 푹 잠들고 싶었다. 밤마다 아이와 한 몸이 되어 등 쿠션에 쪽잠을 자느라 어깨와 목에 담이 왔다.

"내가 이렇게 책도 읽어주고 온종일 노래도 불러주는데, 왜 이렇게 짜증 내며 우는 걸까? 나보고 하루 24시간을 어떻게 계속 안고 있으라고 하는 거냐고!"

감정이 북받쳐 올라 휴대폰을 붙잡고 엉엉 울었다. 사무실에 근무하는 엄마 마음은 오죽하셨을까. 너무 어린 나이에 아이를 낳아서 엄마 자질이 없는 것 같다고... 정말 하나도 행복하지 않다고 모진 말을 쏟아내는 걸 다 듣고 얼마나 안타까워하셨을까.

아이의 울음이 많아진 계기를 돌이켜보면 산후조리를 하던 때가 떠오른다. 대전 생활을 시작하기 전, 아이를 낳고 몸조리를 위해 친정에 머무를 때였다. 남편은 직장 때문에 먼저 대전 생활을 시작했었고, 친정 부모님께서는 맞벌이 부부라 매일 출근하셨다. 당시 나는 나이가 90이 가까운 친할머니와 살고 있었다. 할머니께서는 젖이 잘 돌아야 한다며 좋은 미역을 사다 삼시 세끼 한 솥 가득 미역국을 끓여주셨다. 조리원에서부터 미역만 보아도 구토가 올라오기 직전이었지만 아이를 생각하며 꾸역꾸역 미역을 삼켰다. 수분을 많이 섭취하여 모유가 차오르면 가슴이 띵띵하게 부어올랐다.

분명히 조리원에서 순했던 아이가 집에 오니 돌변했다. 몸을 푼지 한 달도 채 되지 않은 시기라 손목이 시큰했다. 소파에 앉아서 아이를 안고 있으면 몸을 활시위처럼 뒤로 젖혀가며 낑낑댔다. 처음에는 무엇을 원하는지 몰라 허둥댔는데 나중에 알고 보니 안고 움직이라는 의사표시였다! 아이의 마음을 알고 웃음이 났지만. 언제까지고 그럴 수는 없는 일이었다.

출산한 지 얼마 되지 않은 내 체력은 금방 바닥을 보였다. 울음소리가 날 때마다 할머니는 "무조건 안아줘라. 젖을 물려라. 기저귀를 확인해라"고 하셨다. 덕분에 아이는 나에게 껌딱지처럼 찰싹 달라붙어 있었다. 할머니는 행여 내가 아이를 바닥으로 내려놓을까 매의 눈으로 지켜보셨다. 무엇이 문제인지 나로서는 알 겨를이 없었다.

"애 키우는 것이 뭔 벼슬인 줄 아냐! 나 때는 밭일하면서도 다 키웠다."

스스로 서투른 엄마라고 생각했다. 할머니의 이 말씀에 나는 심한 자책감을 느꼈다. 아이가 불편한 게 무엇인지 빨리 찾아내지 못했다. 아이의 울음이 나의 탓인 양 느껴졌다. 이 모든 것이 육아 경험이 없는 나의 잘못이라고 생각했다. 더 자주 안아주고, 더 빨리 반응했다. 아이의 울음소리가 나오지 않도록 하는 것이 내가 해야 할 일인 것 같았다.

자신감은 말할 것도 없거니와 자존감도 이미 바닥이었다. 마음은 더 조급해졌고 울자마자 안아주었다, 그때부터였다. 아이의 등 센서는 점점 더 예민해졌다. 나도 할 만큼 하고 있는데... 할머니와의 육아 방법의 갈등도 이젠 지쳤다. 정말 둘 중 하나가 사라져버려야 끝날 것 같았다.

"우리 당찬이, 잘 놀았니?"

퇴근하고 돌아오신 부모님은 가장 먼저 당찬이에게 안부 인사를 건네셨다. 그날 저녁, 다정하게 손자와 인사를 나누시던 아빠가 내 눈치를 살피셨다. 나의 마음 상태가 꽤 심각한 걸 눈치채셨던 것일까? 오늘 밤은 아이를 우리가 재울 테니 잠 좀 푹 자두라고 말씀하셨다. 두 분도 일하고 들어오셔서 피곤하실 텐데, 죄송한 마음이 들었다. 하지만 너무나 간절하게 잠이 필요했다. '일단 나부터 살고 보자!'고 생각했다.

아이를 맡기고 밥도 먹지 않은 채 일곱 시에 잠자리에 들었다. 그 무렵 밥도 포기할 만큼 잠에 진심이었다. 다음 날 아침까지 절대 깨지 않고 자고 싶어서 공부할 때나 썼던 이어 플러그를 귀속에 깊숙이 찔러 넣었다. 몸을 포근하게 감싸는 이불의 촉감, 대체 얼마 만인지!

그렇게 얼마나 잤을까? 가슴이 너무 아파서 눈을 떴다. 수유하지 못해서 띵띵 부풀어 오른 가슴을 붙잡고 부엌으로 갔다. 목이 너무 말랐다. 컵에 물을 가득 담아 벌컥벌컥 들이켰다. 정신을 차리고 시계를 보니 새벽 3시 반. 무려 여덟 시간을 잔 것이었다! 푹 잤구나! 잠시 안도의 한숨이 나오려던 찰나, 부모님 계시는 안방에서 칭얼대는 소리가 들려왔다.

"왜 이렇게 잠을 안잔다냐?"
"이렇게 안자는 애를 보느라 그간 유진이가 얼마나 고생했을까?"

방문을 두드리기 전, 본의 아니게 두 분의 대화를 엿듣게 되었다.

부모님께서는 그 새벽까지 잠 한숨 못 주무시고 나 대신 아이를 토닥이고 계셨다. 아침 일찍 출근하실 부모님께 나의 의무를 떠넘기고 부모님의 잠을 빼앗아 잤다는 생각이 들었다. '어이구, 이 불효녀야..' 죄송한 마음이 밀려와 콧등이 시큰했다. 나는 울지 않으려고 입술을 꼭 깨물었다.

친정을 떠나 대전으로 이사하던 날, 남편과 외식을 했다. TV에서 뉴스가 흘러나오고 있었다. 14층에서 아이를 던진 어느 엄마 이야기였다. 친정엄마가 아기의 목욕물을 받고 있는데 벌어진 일이었다. 원인은 심한 산후우울증 때문이라고 했다. 사람들이 수군거리는 소리가 들렸다.

"와... 자기 자식을 어떻게 저럴 수 있지? 저 여자 단단히 미쳤나봐."

그런데 왜인지 나는 그 엄마의 마음을 알 것 같았다. '얼마나 힘들었을까!' 나라는 존재가 점점 잊혀 가는 것, 나의 모습을 지워가며 엄마로 살아가야 하는 것, 아이를 키워내는 것이 나에게는 생각보다 쉽지 않은 일이었다.

# 26살, 내가 암이라고요?

"우리에게 일어나는 일을 통제할 수는 없다. 하지만 그 일을 대하는 태도는 바꿀 수 있다.

브라이언 트레이시

오랜만에 주말 나들이 겸 친정에 갔다. 지금은 돌아가신 친할머니께서 나를 찬찬히 살펴보시더니 목이 좀 부은 것 같다고 하셨다.

"할머니, 저 살이 많이 쪘잖아요. 목에 살이 붙어서 그런가 보죠, 뭐!"

아들을 임신하고 초반에는 입덧이 너무 심했다. 물만 마셔도 헛구역질이 나오니 아무것도 먹지 못했다. 덕분에 몸무게는 7kg 정도가 빠졌다. 그런데 임신 중기가 되니 이것저것 가리지 않고 먹을 수 있게 되었다. 식탐도 어쩜 그렇게 왕성해지던지... 치열한 입덧의 기억 때문인지 남편은 내가 먹고 싶은 것이라면 여름에 매생이도 구해왔다. 덕분에 입덧으로 못 먹었던 것까지 모두 찾아 먹었다. 아가씨 적 50kg을 유지하던 몸이 출산 후 75kg까지 늘어날 정도였으니 당연히 목에도 살이 쪘나보다 생각했다.

할머니 말씀을 듣고 대전 집에 돌아가서 거울을 보니 목에 뭔가 만져지는 느낌이 들었다. 출산 전 초음파 검사를 했을 때 다른 이상 소견은 듣지 못했다. 곧 아이의 첫돌이었다. 1년 정도 시간이 흘렀으니 건강검진을 한번 해 보는 것도 나쁘지 않겠다 싶었다.

"제가 암이라고요?"

"혹시 최근에 많이 피곤하지 않으셨어요?"

"아니요, 특별히 못 느꼈는데요?"

"갑상샘암으로 보이는데, 대학병원에 가셔서 정밀 검사를 받아 보셔야 할 것 같습니다."

암이라는 단어가 주는 충격으로 눈물이 흐르긴 했지만, 아직 암이라고 확정된 것은 아니었다. 씩씩하게 눈물을 닦고 큰 병원에 가서 검사해 보겠다고 이야기했다. 집으로 돌아오는 차 안, 남편은 한동안 아무 말 없이 운전했다. 나는 멍하게 창밖을 바라보고 있었다.

대전 충남대학교병원에서 다시 검사를 받았다. 이번에는 지름 4.6센티의 '갑상샘암'이라는 이야기를 들었다. 믿을 수 없었다. 빨리 수술 일정을 잡자는 의사 선생님의 말에 머리가 멍했다. 그리고 떠오르는 생각들... 아무것도 모른 채, 품 안에 잠든 아이를 바라보았다. 그 위로 눈물이 쉴 새 없이 떨어졌다. 수술에 대한 설명은 하나도 들리지 않았다. 만약 꿈이라면 어서 깨고 싶었다.

'어떡하지? 당찬이는 분유를 먹으면 토해버려서 모유만 먹는데... 게다가 우유병 젖꼭지도 거부해서 유축대신 직수로만 모유를 먹는 아이인데... 돌잔치 준비도 해야 하는데...'

부산에 계신 시부모님께 말씀드렸다. 함께 최선의 방법을 찾아보자고 하셨다. 아버님께서는 서울대 병원에 계시는 교수님과 친분이 있으셔서 수술 일정을 직접 알아봐 주셨다. 어머님께서는 입원 기간 동안 남편과 아이를 돌봐주기로 하셨다. 참 감사한 일이었다.

서울대학교 갑상샘암센터 3층의 전체 병실은 여자들을 위한 공간이었다. 유방암, 자궁암, 갑상샘암 수술을 한 환자들이 모여 있었다. '암'이라는 단어의 무게 때문이었을까? 병실에 있는 사람들은 표정이 밝지 않았다. 오가는 대화도 없었다. 나처럼 몸보다 마음의 상처가 더 큰 사람들이었다. 다행인지 불행인지 입원 기간 동안 나보다 나이가 어린 사람은 보지 못했다.

"갑상샘암은 예후가 좋은 암입니다."
"혹시 주변에 이런 병력이 있는 사람이 또 있나요?"

나는 없다고 대답했다. 의사 선생님께서는 유전적인 요인보다 건강검진을 통해 갑자기 암을 발견하게 된 경우가 대부분이라고 하셨다. 젊으니까 수술하고 회복도 잘할 수 있을 거라고 격려해주시는데 다시 눈물이 앞을 가렸다. 더 이상 울고 싶지 않아서 입술을 깨물었다. 그래도 할 수만 있다면 흉터가 남지 않는 로봇수술을 선택하고 싶었다. 첫인상이 중요한데, 목 아래 수술 자국이 남는 것이 싫었다. 하지만 생각보다 크기가 큰 데다, 의사가 편하게 수술할 수 있어야 결과도 좋을 것이라는 의사 선생님 말씀에 포기했다. 목에 흉터는 어쩔 수 없을 것 같다.

수술하는 날, 마지막으로 수술 동의서에 사인하는 그 순간까지도, 최종적으로 암이 아닐 수도 있다기에 거기에 마지막 희망을 걸었다. 내 몸에 '암세포'가 자라고 있었다고 밝혀지는 것보다 떼어내고 보니 암이 아니었다는 해피 앤딩을 기대하며 수술실로 향했다. 보고 싶은 아들 얼굴이 떠올랐다.

"환자분, 회복실입니다. 여기서 좀 쉬고 계실게요."

간호사 선생님의 목소리에 안심이 되었다. 눈은 감고 있었지만 몽롱한 상태로 깨어있었다. 다른 환자들의 목소리나 의료진들이 분주히 움직이는 것도 느낄 수 있었다. 순간, 갑자기 참을 수 없는 잔기침이 나왔다. 기침을 할 때마다 숨이 갑갑하고 수술 부위가 터지는 느낌이 들었다. 기침이 멎거나 아니면 허리를 굽혀서 시원하게 기침을 해버리고 싶었지만, 그럴 수 없었다. 전신 마취가 풀리지 않은 상태였다. 온몸이 침대에 묶여있는 것 같은데 기침이 계속 나와서 사지가 떨릴 정도였다. 간호사 선생님들이 다급하게 달려오는 소리가 들렸다. 너무 무서웠다.

'설마 이대로 죽는 건가. 나 아직 하고 싶은 게 많은데. 이렇게 쉽게 사라질 수 없는데.'

다시 수술실로 이동하는 덜컹거리는 소리와 함께 정신을 잃었다. 밖에서 수술이 끝나기만 기다리던 친정 식구들은 수술실 불이 다시 켜지자, 눈물바다였다고 했다. 엄마께서 수술 후 설명을 들어보니, 지혈이 잘 안 된 부분이 있어서 회복실에서 기침을 했고, 다시 상처를 열어 꼼꼼하게 지혈했으니 이제 안심해도 된다는 말을 전해 들었다. 다만, 상처 부위가 터질 수 있으니 당분간 아이를 안거나 무거운 짐을 들면 안 된다고 당부하셨다.

"앞으로는 평생 이 약을 매일 아침 공복에 드셔야 합니다."
"식사는 약을 드신 후 한 시간 후부터 가능합니다."

내 몸에서 암이 없어진 대신, 약 한 알을 챙겨 먹어야 하는 것은 큰 문제가 아니었다. 그리고 내 피부가 켈로이드라는 사실을 알게 되었다. 켈로이드 피부를 가진 사람의 흉터는 일반적인 흉터와 다른 모양으로 아물게 된다. 흉터 표면과 경계가 딱딱하고 두껍고, 다친 지 상당한 시일이 지나도 작아지기는커녕 오히려 손상된 범위를 넘어 점점 자라나 정상 피부까지 침범할 수 있다고 했다.

처음에는 분홍색 혹은 붉은색을 띠다가 시일이 지남에 따라 차츰

갈색을 띠며 가렵고 따가운 증세를 호소하기도 한다고 했다. 목 여린 살을 두 번 꿰맨 상처는 그렇지 않아도 큰데, 흉터까지 진하게 남게 되었다. 그렇다. 나는 켈로이드 피부여서 상처 범위도 모양도 두꺼운 지렁이처럼 아물게 되었다. 소싯적 얼굴에 작은 여드름 하나도 나지 않던 내 피부가 켈로이드였다니!

그러나 내가 가장 절망했던 이유는 내 목소리가 예전 같지 않다는 것이었다. 아이에게 동요를 더 이상 불러주지 못할 것 같았다. 다시는 무대에서 노래할 수 없을 거라는 슬픔이 나를 덮쳤다. 침을 삼키기가 힘들었다. 말할 때마다 자꾸 쇳소리가 났다. 갑상샘이 사라진 공간은 그다지 크지 않을 텐데, 내 가슴에 커다란 구멍이 생겨버렸다. 몸도 마음도 모두 망가져 버린 나 자신이 너무 싫었다. 상처 부위를 볼 때마다 눈물이 자꾸 고였다.

'꽃다운 스물여섯, 나 왜 이렇게 되어버린 걸까.'

난 이제 갑상샘 없는 사람이 되었다. 평생 챙겨 먹어야 할 약도 생겼다. 그런데 주저앉아 슬퍼하고 있을 수만은 없는 노릇이었다. 나는 엄마였다. 집에 돌아가면 나를 이 세상 전부로 생각하는 아들과 나를 진심으로 사랑해주는 남편이 있다. 힘을 내야만 했다.

# 혼자 울며 컴컴한 빗길을 달린 이유

"삶에 대한 절망 없이는 삶에 대한 희망도 없다."

알베르 카뮈

"나비야~ 나비야~ 이리 날아오너라!"

"노랑나비 흰나비 춤을 추며 오너라~"

어느 주말 아침이었다. 아들에게 노래를 불러주며 식사 준비를 하고 있었다. 아들은 심기가 불편한 모양이었다. 처음에는 숟가락을 휙 던져버리더니 이유식 하던 밥그릇도 엎어버리는 거였다. 나도 슬쩍 화가 나려고 했다. 그래도 '참을 인'을 새기며 차분하게 말로 달래고 있었다.

"오늘 당찬이 기분이 별로구나? 그래도 이렇게 던지면 안 되지요."

남편은 그런 내가 대단하다고, 인내심이 참 좋다고 했다. 우리 부부는 결혼 전에 약속한 것이 있다. '한 명이 일하고 있을 때, 혼자만 쉬지 않기'이다. 그래서 지금도 서로 육아와 가사 일을 돌아가면서 한다. 한 명이 아들을 돌볼 때는 한 명은 설거지하거나 빨래를 널며 눈치껏 서로가 지치거나 서운하지 않도록 노력해왔다. 남편이 갑자기 떠오르는 노동요가 있다고 했다. 기분이 안 좋아지려던 찰나였기에 어서 불러보라고 했다.

"노비요~ 노비요~ 우린 당찬이 노비요!"
"분홍 노비, 파랑 노비 춤을 추며 일해라~"

그 노래는 조금 전 내가 아들에게 불러준 '나비야'였다. 분홍 노비는 내가 입고 있던 분홍색 파자마, 파랑 노비는 남편이 입고 있던 파란색 티셔츠와 너무 딱 맞아떨어졌다. '나비야'를 '노비요'로 개사해 부르다니! 남편은 급기야 두 팔을 벌리고 나비처럼 춤까지 췄다. 그 모습에 참을 수 없는 웃음이 터졌다. 우리는 육아가 힘들 때도 웃음으로 극복하려고 노력하는 최고의 한 팀이었다.

매 순간 사이가 좋을 수만은 없었다. 이렇게 서로의 고단함을 달래가며 지내던 우리에게도 힘든 순간이 찾아왔다. 그날따라 나는 온종일 아이의 울음에 파묻혀 지냈다. 따뜻한 말 한마디 붙여주는 사람 없는 좁은 관사에서 숨죽여 있다가 드디어 기다리던 사람이

왔다. 나의 마음을 알아차려 줄 사람이 왔는데, 남편도 피곤해 보였다. 나는 육아로 지치고 남편은 직장에서 힘들었던 것들이 점점 쌓여가는 중이었다. 우리는 시한폭탄이었다. 아이가 잠들어서 바깥 공기 잠시 쐬자고 나서는 길이었다. 참다못한 남편이 자동차 핸들을 쾅쾅 때리며 소리를 질렀다.

"내가 많이 도와주고 있잖아!"

평소와 다르게 낯선 남편의 태도에 깜짝 놀랐다. 육아를 여자가 도맡아 하고 남자가 보조하는 것으로 생각하는 건가? 육아는 당연히 부모가 함께하는 것이 아닌가? 둘 사이에 아이가 태어났으니 둘 다 책임과 의무가 있었다. 그 말 한마디에 왜 그렇게 서글프고 화가 났던지. 남편과 더 이상 같은 공간에 있고 싶지 않았다. 차는 마침 신호대기 중이었다. 나는 그길로 차에서 내려 컴컴한 빗길을 무작정 달렸다. 반대 방향으로 멀리멀리 도망가고 싶었다. 누구든 다시는 날 찾을 수 없었으면 좋겠다고 생각했다. 이사 온 지 얼마 되지 않아 길도 잘 모르는데, 빗속을 우산도 없이 달리며 하염없이 눈물이 났다.

'내가 평생을 함께 살기로 한 사람이 이런 생각을 하고 있었을 줄이야.'

내가 듣고 싶은 말은 이런 거였다. "정말 고생이 많지. 우리 조금만 더 힘내자." 한 마디로 충분했다. 그런데 남편도 감정이 격해지다 보니 "내가 많이 도와주고 있잖아"라고 나와 버린 것이었다. 그동안 남편이 평소에 잘해줬던 기억도 온데간데없이 서운한 감정만 남았다. 이 세상을 떠나버리고 싶었다. '선녀와 나무꾼' 이야기처럼 날개옷만 있으면 원래 살던 곳으로 날아가 버리고 싶었다. 아무도 없는 곳으로.

수술한 지 얼마 되지 않아 몸도 온전치 못했다. 목소리마저 잃어버린 나의 컨디션은 우울했고, 무기력했고, 산후우울증과 육아 스트레스, 그리고 수술 후유증으로 총체적 난국이었다. 내 안의 아이도 달래주지 못하는 상황임에도 아들에게는 매일 웃어주었다. 어느 책에서인가 엄마의 감정을 아이가 다 알아챈다고 했다. 나의 아픔을 모두 숨겨가며 아닌 척 웃고 지냈다. 그러다 아들이 잠들면 혼자 숨죽여 울고 뒤돌아서서 눈물을 닦아 냈다. 그 시절, 나의 마음을 달래줄 사람은 오롯이 남편뿐이었다. 노력하는 내 마음을 몰라주는 것 같아서 남편이 미웠다.

이렇게 힘들게 사느니 아무도 없이 혼자 사는 편이 낫겠다고 생각했다. '어디 혼자 다 해 보라 해, 나 오늘 집에 안 갈 거야!' 울면서 헤매고 있었다. 부재중 전화가 여러 번 찍혀도 받지 않고 있었는데 계속 전화가 울렸다. 지나가는 연인들의 모습이 눈에 들어오자 남편과 연애할 때의 추억들이 떠올랐다. 남편은 결국 울고 있던 나를 찾아냈다. 우리는 마음을 가라앉히고 대화를 해 보자고 근처 술집에 들어갔다. 투다리 같은 빨간 전등이 달린 그런 술집이었다. 감정이 다스려지지 않아 매서운 눈으로 쏘아보고 있었다. 어쩌면 다시 싸울 수도 있었다. 그런데 갑자기 분위기와 하나도 어울리지 않는 노래가 흘러나왔다.

때로는 이 길이 멀게만 보여도
서글픈 마음에 눈물이 흘러도
모든 일이 추억이 될 때까지
우리 두 사람 서로의 쉴 곳이 되어주리
여전히 서툴고 또 부족하지만
언제까지나 네 곁에 있을게
캄캄한 밤, 길을 잃고 헤매도
우리 두 사람 서로의 등불이 되어주리

누구나 기억에 남는 음악이 있듯이 나에게는 성시경의 '두 사람'이라는 노래가 그렇다. 결혼식에 남편이 불렀던 축가였다. 이상했다. '술집 사장님이 우리 결혼식 축하곡을 왜 틀었나?' 하는 엉뚱한 생각이 들 정도였다.

'이 노래가 지금 나에게만 들리나?' 남편을 바라보니 남편도 말이 없었다. 우리는 노래가 끝날 때까지 한참 동안 서로를 바라보고 있었다. 가사가 딱 맞아떨어졌다. 눈에선 눈물이 뚝뚝 떨어졌다.

"미안해... 내가 당신 마음을 못 읽어줘서."

"고마워… 당신이 잘하는 거 아는데, 그 말 한마디가 너무 속상했어."

모든 일이 추억이 될 때까지
우리 두 사람 서로의 쉴 곳이 되어주리
캄캄한 밤, 길을 잃고 헤매도
우리 두 사람 서로의 등불이 되어주리

긴 하루였다. 남편과 크게 다투었지만, 짧은 음악 한 곡에 저절로 화해하게 되다니 신기했다. 집으로 돌아오는 길 달빛이 환하게 빛나고 있었다.

# 구원은 방구석 먼지 쌓인 우쿨렐레에 있었다

"내 비장의 무기는 내 손안에 있다. 그것은 희망이다."

나폴레옹 보나파르트

등 센서가 남다른 아이를 겨우 재운 어느 낮이었다. 나는 집안일 하는 동안에도 아이가 깰세라 닌자 걸음으로 다녀야 했다. 내가 이러려고 결혼했나! 집구석에 갇혀 애 보고 빨래하고 밥하는 일상. 누더기 입은 신데렐라가 따로 없었다. 산더미 같은 빨래를 차곡차곡 개키는데 왈칵 울음이 났다. 이제 막 세탁기에 다 돌아간 아이의 가재 수건을 널며 창밖을 내다보았다. 창 너머로 햇살이 가득 들어왔다. 햇볕은 쨍쨍한데 반짝이는 나의 20대는 그렇게 사라져 버린 것 같았다. 우울함이 밀려오는 순간 먼 풍경 대신 주차장이 있는 땅을 내려다보였다.

"여기서 떨어져봤자, 죽지도 않겠네!"

뭐지? 내가 지금 무슨 소릴 한 거지? 나도 모르게 갑자기 튀어나온 말에 깜짝 놀랐다. 지금 무슨 정신으로 이런 말을 뱉은 건가 생각했다. 화들짝 놀라 창문이 다신 열리지 않도록 꼭꼭 닫았다.

아이가 잠든 시간, 이렇게 애써 치워봤자 어질러지는 건 시간문제다. 그래서 집안일은 해도 해도 끝이 없고 티도 안 난다고 했던가 보다. 그래도 반복되는 그 일을 왜 멈추지 못할까? 돌이 지난 아이는 집 안 구석구석을 탐색했다. 이것저것 끄집어 내리기 시작하니 아이 손이 닿지 않는 곳이 없었다. 그러니 나의 정리정돈은 늘 도로 아미타불!

'나도 이 세상에 태어난 이유가 분명히 있을 텐데...'

잘 때가 제일 예쁜 아이를 물끄러미 바라보며 생각했다. 그 시절 전업주부였던 나에게 육아와 집안일은 큰 보람을 주지 못했다. 게다가 암 수술로 갑상샘을 모두 절제하면서 성대를 다쳤다. 처음에는 목소리를 낼 때도 생각보다 많은 힘이 필요했다. 그렇다고 예쁜 목소리가 나는 것도 아니었다. 쉿소리처럼 갈라지고 듣기 싫은 소리가 났다. 노래는커녕 목소리를 내는 것조차 힘들었다. 성악을 전공한 나에겐 목소리가 든든한 무기였다. 그런데 이제 다시 돌아갈 수 없다. 모든 것을 잃어버린 것만 같은 상실감이 밀려왔다. 언제 회복될 수 있을지 알 수 없었다.

그렇게 어느 성악도의 꿈은 점점 작아졌다. 이제는 밤의 여왕 아리아나 넬라 판타지아 같은 거창한 노래를 부르고 싶은 게 아니었다. 그저 내 아이를 위한 동요 한 곡 마음 편히 부르고 싶었을 뿐이었다. 하지만 무리하게 시도했다가는 성대 회복에 더 좋지 않을 것이라는 말을 들었다. 음악은 내 삶과 점점 멀어져갔다. 한국 가곡, 외국 가곡 CD들을 정리하며 무대에서 박수받던 예전의 내가 떠올랐다. 생각할수록 주체할 수 없이 눈물이 나서 클래식 음악도 더 이상 듣지 않았다. 악보와 CD 플레이어에 수북이 먼지가 쌓여가고 있었다.

'이렇게 엄마로만 살다 죽을 순 없어!'

'현모양처'가 되는 것이 누군가에겐 간절한 소망일 수도 있다. 하지만 나는 달랐다. 이번 생이 당찬이 엄마로 끝나버리면 안 되는 사람이었다. 여기까지 생각이 미치자 눈물이 폭포처럼 쏟아졌다. 화장실 청소를 하러 들어갔다가 바닥에 주저앉아 꺼이꺼이 울었다. 아이 앞에선 참아왔던 감정이 터졌다. 마음 편히 울 수 있는 곳이 화장실뿐이라니, 그 또한 서러웠다. 나는 아이가 깨건 말건 마음껏 한바탕 울었다. 울음소리는 사람이 내는 소리가 아닌 것 같았다. 한참을 울어서 눈이 새빨개진 채로 방에 들어왔다. 그렇게 혼자 서럽게 울고 나왔는데 머릿속에 떠오르는 생각은 딱 하나였다.

'당찬이가 아직 깨지 않아 다행이야.'

그건 나에게 아주 조금 더 쉴 수 있는 시간이 남아있는 거였다. 안방 침대에 피곤한 몸을 기댔다. 침대라고 할 것도 없었다. 방이 좁아서 20㎝ 매트리스만 하나 사서 프레임 없이 쓰는 중이었다. 벽장 틈새에 뿌옇게 먼지가 앉은 우쿨렐레가 눈에 들어왔다. 작은 트럭 하나로 이사 오면서 겨우 하나 챙겼던 살림이었다. 뿌옇게 먼지가 앉은 그 우쿨렐레가 꼭 나 같았다. 나는 문득 옷장과 벽의 좁은 틈새에 갇힌 우쿨렐레를 구해주어야겠다고 생각했다.

장난감처럼 생긴 작은 악기에서 어떤 소리가 날지 궁금했다. 큰 기대 없이 호기심에 하나 사 본 우쿨렐레였다. 쿠팡에서 주문할 때, 무려 39,900원이었다. 귀여운 생김새의 악기치고 참 부담 없는 가격이었다. 잊고 지냈던 악기에 쌓인 먼지를 털어내고 가방을 열어 보았다. 내게 처음 왔을 때 그 모습 그대로 예뻤다. 주인이 꺼내어 주길 하염없이 기다리기라도 한 듯 변함없는 모습이었다.

'더 좋은 주인을 만났더라면 이렇게 먼지 쌓이도록 내버려 두지 않았을 텐데, 미안하다.'

문득, 이 우쿨렐레에게 계속 빛을 보게 해줘야겠다고 생각했다. 나는 우쿨렐레를 잡고 네 줄을 하나씩 천천히 튕겨 봤다. 뿌연 먼지가 내려앉아 있었지만, 우쿨렐레의 네 줄에서는 여전히 또롱또롱 밝은 소리가 났다. 이렇게 집구석에 오래 있다 보면 나도 먼지가 하얗게 쌓이겠지... 주변 친구들은 하나, 둘 임용고시에 합격해서 음악교사가 되었다는 기쁜 소식을 전했다. 한 남자의 아내로, 아이의 엄마로 잘살고 있는 내가 부럽다고 했다. 정작 나는 눈물로 가득 찬 우울한 하루를 보내고 있었다. 몸의 병은 간신히 멈췄을지라도 마음이 병들고 있는 것까지 막을 수 없었다.

'먼지 쌓인 너나, 나나, 참 비슷하구나.'

우쿨렐레가 마치 나인 것 같았다. 어둡고 캄캄한 가방 속에 다시 넣고 싶지 않았다. 먼지 쌓인 그곳으로부터 구해줘야겠다고 생각했다. 그래서 눈에 잘 띄면서 아이의 손에는 닿지 않는 책장에 올려 두었다. 그리고 시간이 날 때마다 쓰다듬고 만져주었다.

나의 첫 우쿨렐레는 무늬만 나무인, 사실은 플라스틱 재질의 우쿨렐레였다. 39,900원이라는 가격만 보아도 어느 정도 짐작할 수 있었다. 하지만 나 같은 초보에게는 나무인 듯 나무가 아닌 그 점도 좋았다. 무심코 떨어뜨려도 깨지지 않아서 좋았다. 가벼워서 얇은 스트랩으로 매면 몸에 착 달라붙어 있었다. 그래서 주로 계란 프라이를 부칠 때나 비엔나 햄을 구울 때 연주했다.

사실 연주랄 것도 없었다. 그때는 기본 코드도 몰랐다. 그저 네 줄을 엄지손가락으로 천천히 쓸어내리며 우쿨렐레 소리를 음미하는 것이 전부였다. 프라이가 익는 시간, 비엔나소시지가 구워지는 시간, 우쿨렐레가 나를 위해 노래해주는 것 같았다. 손가락 하나로 네 줄만 튕겼을 뿐인데 소리가 참 예뻤다. 노래를 못하는 나 대신 우쿨렐레가 노래해주는 것 같았다.

대전에는 육아 종합지원센터에서 운영하는 '도리도리정원' 이라는 곳이 있다. 연회원으로 가입하면 아이의 책이나 장난감을 빌릴 수 있었다. 놀이 공간도 잘 꾸며져 있어서 아이가 마음껏 돌아다니며 탐색할 수 있었다. 가장 마음에 들었던 것은 놀이하는 내내 활기 넘치는 동요가 나온다는 사실이었다. 내가 불러주지 못하지만, 아이가 동요를 좋아하니까 놀이를 하다가도 엉덩이춤을 추었다. 그래서 당찬이는 '도리도리'라는 말만 들어도 자기가 신을 양말을 가지고 왔다. 그러다 보면 마법처럼 시간이 잘 흘러갔다. 육아시간을 좀 더 수월하게 보내기 위해 아이와 자주 가던 곳이었다.

그날도 아이 장난감을 빌리러 들렀다가 미끄럼틀을 타며 놀고 있었다. 그런데 우쿨렐레 가방을 든 엄마들이 2층으로 계단을 올라가는 것이었다. 나는 장난감을 대여해주시는 선생님께 여쭤보았다. 육아에 지친 엄마들을 위한 무료 우쿨렐레 강의라고 했다.

"무료로 우쿨렐레를 배울 수 있다고요?"

나는 귀가 솔깃했다.

# 우쿨마녀의
# 나를 위한 음악 챙김

> "인격은 편안하고 아무 일 없는 고요한 시기에 성장하지 않는다. 오직 시련과 고난을 겪은 후에 영혼이 강해지고 패기가 생기며 성공할 수 있다."
>
> 헬렌 켈러

그 후 일주일에 한 번, 육아 종합지원센터에 가서 무료로 우쿨렐레를 배웠다. 그곳에는 나처럼 육아에 지친 마음을 달래러 온 엄마들이 모여 있었다. 우리는 아이가 어린이집에 있는 시간에 함께 모여 연습했다. 처음에는 서먹했던 엄마들도 '좌충우돌 초보 엄마 이야기'를 꺼내고 나서부터는 동지애로 똘똘 뭉쳤다.

"애 키우고 사는 거 다 똑같네. 뭐!"

어느 엄마 말에 모두가 박장대소했다. 육아가 나만 힘든 게 아니구나! 때로는 눈물지으며 위로의 말을 건넸다. 그리고 우리에게 우쿨렐레가 힐링이 된다는 사실에 “맞아, 맞아”하며 고개를 끄덕였다.

도리도리 정원의 무료 우쿨렐레 수업이 마무리되어갈 즈음이었다. 엄마들은 ‘우쿨렐레 미니 콘서트’를 앞두고 있었다. 우쿨렐레와 함께 서는 나의 첫 무대, 설레던 그 날의 기억이 지금도 생생하다. 우리는 10곡 남짓한 동요 메들리를 부르기로 되어있었다.

아이들 놀이방 매트로 높이 쌓아 만든 곳이 엄마들의 연주 무대였다. 우리가 무대에 등장할 때, 아이들은 호기심 가득한 표정이었다. ‘청바지에 흰 셔츠, 작은 우쿨렐레를 메고 나타난 엄마부대.’ 그런 우리를 바라보던 아이들의 초롱초롱한 눈망울.

우쿨렐레 반주에 맞춰 동요가 시작되었다. 엄마 무릎에 얌전히 앉아 있던 아이들이 하나둘 일어났다. 그리고 노래에 맞춰 엉덩이를 씰룩쌜룩 흔들었다. 흥을 주체할 수 없는 씰룩거리는 엉덩이. 팔다리를 아무렇게나 뻗어대는 귀여운 몸짓. 사랑스러운 아이들의 미소와 몸동작에 더 신난 엄마들이었다. 더할 나위 없이 큰 감동이 밀려왔다. 노래하며 아이들의 눈망울을 바라보니 그렇게 행복할 수 없었다.

갑상샘암 수술 직후에는 다시는 무대에 설 수 없으리라 생각했다. 날개 꺾인 새처럼 어쩌면 다시는 노래할 수 없을지 모른다는 불안감에 잔뜩 움츠려있었다. 하지만 그날 이후, 동요를 예전처럼 부를 수 있게 되었다. 모든 것이 신기했다. 이렇게 싱그러운 아이들의 미소를 보며 노래할 수 있게 되다니... 절망감에 빠져있던 내가 다시 일어나 노래하고 있었다. 작은 악기에서 나오는 치유의 소리가 나의 마음을 평온하게 만들어주었다. 나의 몸과 마음이 서서히 회복되고 있었다.

"움마! 움마!"

어디선가 익숙한 목소리가 들렸다. 소리 나는 곳을 바라보니 아들과 남편이 서 있었다. 아들은 작은 손가락으로 나를 가리키며 엄마를 부르고 있었다. '저기 노래하고 있는 사람이 바로 우리 엄마예요' 하는 것처럼 느껴져서 눈물이 핑 돌았다.

연주하면서 많은 생각이 스쳤다. 모든 장면이 감동이었다. 많은 무대에 섰지만, 이토록 벅찬 감동이었던 적은 없었다. 다시 음악과 함께하니 내 마음이 평온해졌다. 목소리 컨디션도 꽤 회복되었다는 것을 느낄 수 있었다. 내 삶이 이렇게 끝난 줄 알았는데, 또 다른 시작의 문이 열렸다. 음악이 흐르는 동안 나는 음악이 되었다. 우쿨렐레와 더 깊은 인연을 맺고 싶었다.

'그래, 나 다시 일어설 수 있어! 음악의 힘으로 다시 건강하게 될 거야.'

나에게 불가능한 일은 없다고 생각했다. 마음속 검은 먹구름이 걷히고 그날 밤, 벅찬 감동으로 잠이 들었다.

"엄마, 엄마는 나 임신했을 때, 태교로 뭐 했어?"

내 뱃속에서 새 생명이 자란다는 사실을 처음 알게 되었을 때, 문득 궁금해졌다. 내가 엄마 배 속에 있을 때, 엄마는 태교로 뭘 하셨을까? "네이버 카페에서 읽은 어떤 엄마는 아이의 두뇌발달을 위해 '수학의 정석'을 푼대!"라는 말을 하며 엄마와 웃었다.

"글쎄, 엄마는 클래식 음악을 엄청나게 들었지."

엄마는 공무원이시다. 나를 가졌을 때는 직장을 다니느라 정신없을 때였다고 한다. 당시엔 태교를 클래식 음악으로 하는 게 대세였다나! 눈만 뜨면 클래식 음악을 들으셨다고 한다. 엄마 말씀을 증명이라도 하듯 친정에는 클래식 전집이 쌓여있었다.

'그러면 그때부터였을까? 내 삶 속에 음악이 흐르기 시작한 시점이.'

오랜만에 초등학교 학예회 때 찍은 사진을 찾아보았다. 색색의 한복을 차려입고 '도라지타령'을 부르던 날의 기억이 생생하게 담겨 있다. 누가 시키지도 않았을 텐데, 입을 얼마나 크고 야무지게 벌리고 있는지. 사진을 보며 웃음이 터져 나왔다.

중고등학교 때에는 운 좋게 합창부가 있는 학교에 다녔다. 합창부증을 내밀고 든든히 점심을 먹은 다음, 친구들과 모여 즐겁게 노래했다. 입시를 앞두고 학교 음악 선생님의 권유에 따라 사범대학 음악교육 전공으로 진로를 결정하게 되었다. 그렇게 음악인이 되었다.

대학에 가서는 학기마다 전공 실기 시험과 정기연주회 공연 준비로 연습을 했다. 어느 공연에서는 오페라 아리아의 주인공 '백작 부인'이 되었다. 또 언제는 춘향이가 되어 이몽룡과 '사랑가'를 노래했다. 지방에 살고 있던 나는 친구들과 2박 3일 서울 투어 계획을 세우면서 뮤지컬 두 편과 연극 한 편으로만 일정을 짠 적도 있다. 뮤지컬, 좋아하는 가수의 콘서트. 한 푼 두 푼 아끼고 모은 돈으로 공연을 본 기억들까지. 음악에 푹 빠져 살았던 행복한 시절이었다.

그런 내가 교생실습을 끝으로 음악 선생님의 꿈을 접었다. 간절히 바라고 또 노력했었던 음악인의 길과 전혀 무관한 길을 선택했다. 하늘이 무너지는 기분이 들었지만, 내가 마주한 현실 앞에 그 꿈은 마법처럼 사라져버렸다. 그러나 나의 전공과 무관한 취업의 길을 선택했을 때에도 나를 위로해 준 것은 역시나 '음악'이었다. 내가 취업을 준비하며 한 곡 반복으로 들었던 노래가 있다. '나는 문제없어'라는 곡이다.

이 세상 위엔 내가 있고
나를 사랑해주는 나의 사람들과
나의 길을 가고 싶어.
많이 힘들고 외로웠지.
그건 연습일 뿐이야.

넘어지진 않을 거야.
나는 문제없어.

이렇게 엄마 뱃속부터 클래식을 들었던 나의 어린 시절. 음악교육 전공의 길을 걷고 노력했던 학창 시절. 심지어 음악을 하지 않기로 선택했던 때마저도 음악과 내 삶은 연결되어있었다. 음악은 나를 행복하고 정신적으로 건강하게 만들어주었다. 어느샌가 음악을 빼놓고는 나를 설명할 수 없을 만큼 삶 깊숙이 들어와 있었다.

이제 아이가 잠들면 어김없이 우쿨렐레를 꺼냈다. 마음이 지치고 힘든 날, '우쿨렐레'가 나를 위로해 주었다. 네 줄을 무작정 튕기는 대신 제대로 된 노래를 한 곡이라도 연주해보고 싶어서 '유튜브 선생님'을 찾았다.

'참 좋은 세상이네. 육아 때문에 밖에 나갈 수 없는 내가, 집에서도 악기를 배울 수 있다니.'

언제 어디서든 유튜브 속 우쿨렐레 선생님에게 배울 수 있었다. 손바닥만 한 화면을 들여다보며 열심히 우쿨렐레를 연습하고 있던 나에게, 남편은 '우쿨마녀(우쿨렐레 마녀)'라는 별명을 붙여주었다. '우쿨마녀'는 음악의 힘으로 다시 살아나고 있었다.

# 오늘도 살아있어서 다행이야

"인생을 짧게 보는 사람에겐 행복은 허무하고 불행은 오래가지만, 원대한 희망을 품은 사람에겐 행복은 오래가고 불행은 짧다."

게오르규

3년간의 대전 생활을 끝으로 우리 가족은 다시 광주로 돌아오게 되었다. 나는 그동안 우쿨렐레 강사 자격증을 취득했다. 대전에서 만난 우쿨렐레 동호회 회원들과 일 년에 한 번씩 정기공연 무대에도 섰다. 나는 내 삶의 희망을 다시 찾아준 '우쿨렐레'를 널리 알리고 싶었다. 비록 작은 악기일지라도 큰 힘을 발휘할 수 있다는 것을 깨달았기 때문이다.

나는 음악의 힘으로 몸과 마음이 치유될 수 있다는 사실을 알았다. 그래서 우쿨렐레를 배우고 싶어 하는 사람들이 있다면 누구에게나 알려주었다. 또 음악 수업이 필요한 곳이라면 어디든 찾아갔다. 우쿨렐레로 함께 노래 부르며 대상의 구분 없이 가르쳤다. 초등학교, 중등학교, 성인, 외국에서 유학을 온 외국인까지도. 중국어나 베트남어의 경우에는 서툰 의사소통에 보디랭귀지까지 써가며 알려주었다.

"김유진 선생님, 선생님께서 우리 학교 우쿨렐레 강사로 지원하게 된 동기를 말해보세요."

중학교 자유학기제의 우쿨렐레 강사가 되기 위해 면접관 앞에 섰다. 지원 동기는 어느 면접에서나 단골로 나오는 질문이다. 질문에 답을 하려고 고개를 들었다. 교감 선생님을 비롯하여 면접관 다섯 분이 나를 바라보고 계셨다. 나는 침착하게 이야기를 시작했다. 마음속에 감춘 말 이 한마디만 빼놓고.

'○ ○ 중학교가 저의 모교라서요. 그래서 묻지도 따지지도 않고 지원했습니다!'

그게 내 진심이었다. 두근두근, 모교로의 첫 출근! 터질 것 같은 설렘으로 점심도 먹는 둥 마는 둥 일찍 집을 나섰다. 오랜만에 다시 찾은 학교는 변함없이 나를 맞이해 주었다. 시간이 많이 흘렀지만, 정문을 들어서는 설렘은 중학교 1학년으로 다시 돌아간 것 같은 기분이었다.

자유학기제 oo 중학교에서의 첫 수업! 부모님의 기대와 학업 스트레스에 둘러싸인 아이들을 만났다. 자기가 진정으로 뭘 하고 싶은지 찾지 못한 아이들, 그런 아이들이 다가왔다. 나는 그 아이들에게 어떤 적성 있는지, 너의 꿈은 무엇인지 물어보고 싶었다.

코로나 19가 터지고 대면 수업보다 온라인으로 수업자료를 업로드하는 일이 잦았다. 학생들이 등교하는 날보다 하지 않는 날이 더 많아졌기 때문이다. 그러다 보니 이번 학기는 유독 시간이 빨리 흘러가 버렸다. 학생들에게 다양한 곡도 가르칠 수 없었다. 대신 온라인 수업 동영상을 최대한 정성껏 만들었다. 집콕(집에만 있는) 생활에 지쳐가는 아이들이 그래도 노래를 따라 부르며 힐링할 수 있길 바라는 마음에서였다. 그래도 마지막 수업은 대면 수업으로 할 수 있다는 소식에 너무나 감사했다.

"여러분, 오늘은 여러분과 저의 마지막 수업이지요? 그동안 여러분과 우쿨렐레를 연주하며 정이 많이 들었나 봐요. 여러분은 오늘이 지나면 선생님도 우쿨렐레도 까맣게 잊겠지만요."

나는 아이들과 헤어짐이 늘 아쉬웠다. 오늘이 아니면 다신 만날 수 없는 아이들에게 이것만큼은 알려주고 싶었다. 인생에서 음악이 얼마나 필요한지 꼭 이야기해 주어야겠다고 마음먹었다. 우쿨렐레로 최신 유행하는 가요를 배울 때에도 아이들의 눈은 빛났지만, 그날따라 분위기가 사뭇 달랐다.

"우리 중에 음악 수업을 지루해하는 사람은 있을지라도 음악을 싫어하는 사람은 없을 거예요. 생활 속 많은 곳에 음악이 있답니다.

사람은 태어났을 때 생일축하 노래, 결혼할 때, 장례식까지 모든 희로애락을 음악으로 표현하지요?”

나는 아이들에게 음악을 왜 배워야 하는지 설명하면서 나의 이야기보따리를 풀었다. 집에서 겨우 내 누울 자리만 치우고 자고 학교 가던 학창 시절 이야기부터 엄마가 되고 나니 아이를 키우는 것이 얼마나 힘들었는지, 몸이 어떻게 아팠는지, 삶이 유한하다는 것을 깨달은 이야기. 그리고 나를 행복하게 해주는 것들과 함께 살기로 마음먹은 것. 지금 나에게 희망을 준 이 악기와 함께 용기 내어 이 자리에 다시 서게 되었다는 것. 우리가 힘들 때, 좋은 음악이 곁에 있다는 사실로도 위로받을 수 있다는 것. 먼 훗날 나를 위로해 줄 ‘인생 악기’를 찾지 못했을 때, 배우기 쉽고 작은 이 우쿨렐레를 붙잡으라는 당부도 잊지 않았다.

아이들은 진지한 표정으로 내 이야기를 듣고 있었다. 평소 말장난을 걸던 학생들도 오늘따라 숙연한 분위기에서 고개를 끄덕였다. 수업 종이 울리고 우리는 마지막 인사를 나눴다. 학생들이 모두 떠난 자리를 정리하며 시원섭섭한 마음이 들었다.

“우쿨렐레 선생님!”

누군가 부르는 소리에 뒤를 돌아보니, 여학생 두 명이 교실로 다시 들어왔다. 나는 다음 수업 준비하러 가야지, 아직 안 갔느냐고 물었다.

"선생님. 정말 감사했어요. 짧은 시간이었지만 우쿨렐레 배우는 시간이 기다려졌어요."

"맞아요, 우리 학교 나오신 것도 자랑스러워요. 저희 한 번만 안아주세요."

나는 감동의 눈물이 왈칵 쏟아지려는 것을 입술을 깨물며 간신히 참았다. 이토록 사랑스러운 아이들이라니. 이 말을 전하려고 다시 돌아왔다니. 우쿨렐레 수업으로 음악을 더 느끼고 마음에 사랑이 피어나길 바라는 나의 진심이 전해진 것일까?

우리는 셋이서 서로를 꼭 안아주었다. 다음 시간 수업 종이 울리기 전까지.

"저희는 우쿨렐레도, 선생님 마음도 잊지 않을 거예요."

3장

# 우쿨렐레의 쓸모

도전은 인생을 흥미롭게 만들며

도전의 극복이 인생을 의미 있게 한다.

# 너와 함께라면 어디든 갈 수 있어

"행복은 누가 주는 것이 아니라 스스로 찾아내는 것이다."

도스토예프

우리 가족은 나와 남편 그리고 7살 아들까지 세 명이다. 우리는 하얀 파도가 넘실대는 바다를 참 좋아한다. 그래서 여행을 계획할 때, 무조건 바다 근처로 떠난다. 여행을 떠날 때 꼭 가져가는 것이 바로 우쿨렐레다. 우리 집에서 나는 인증받은 '우쿨렐레 베짱이'이므로 아무도 내가 우쿨렐레를 챙기는 것을 말릴 수 없다. 우쿨렐레는 어디든 함께하는 나의 반쪽이기 때문이다.

광주를 벗어나 차로 1시간 정도 달리면 바다가 보이는 '영광'에 도착한다. 한가로운 일요일, 자연이 주는 힐링이 필요하다면 우리는 모래미 해수욕장에 캠핑 의자 세 개를 펴 놓고 주말을 보낸다. 이 밖에도 목포, 완도, 남해, 해남까지 바다가 있는 곳이라면 어디든 간다.

"심심해요. 놀아주세요!"

평소에는 이것저것 주문이 참 많은 7살 아들이다. 하지만 바다만 가면 혼자서도 잘 노는 효자가 된다. 조개나 고둥, 달랑게, 바위에 붙어있는 홍합, 따개비, 거북손까지... 신기한 해양생물을 관찰하는 재미가 있나 보다. 처음 와본 곳이라도 씩씩하게 혼자서 이곳저곳 둘러본다. 덕분에 아들은 바퀴벌레와 비슷한 모양을 한 갯강구가 나와도 놀라지 않는다. 오히려 발을 "쾅!" 구르면 흩어지는 갯강구들과 재미나게 논다. 우리 가족에게 동죽이나 백합을 캐는 조개 체험이나 남해에서 쏙을 잡는 체험은 가족 연례행사가 된 지 오래다. 오히려 우리가 아들 뒤를 졸랑졸랑 따라다니며 혹여 위험한 곳은 없는지 살핀다. 이렇게 자연과 함께하다 보니 오랜 경험으로 아이가 스스로 알게 된 것이 몇 가지 있다.

"큰 바위 언덕에 바닷물이 고여 있는 곳에는 분명 무언가가 있어요."

이렇게 설명하더니 아들은 저 나름대로 바다생물이 있을 만한 곳을 탐색하러 떠났다. 우리 부부도 주변을 살펴보고 위험한 것이 없다는 생각이 들면 아이가 자연을 마음껏 누빌 수 있도록 허락해 주었다.

목적지가 아니라도 달리는 창밖으로 바다가 보이기만 하면 잠시 쉬어간다. 차에서 내리기가 무섭게 맨발로 촉촉하고 보드라운 모래를 밟는다. 그래서인지 자동차 트렁크에는 캠핑 의자 세 개가 항상 실려 있다. 나는 당연히 우쿨렐레와 악보를 챙겨 든다. 아이는 맨발로 뛰어다니며 예쁜 조개를 줍고, 작은 게를 잡는다. 시원한 파도 소리와 잘 어우러지는 우쿨렐레 소리를 들으며 남편은 '바다 멍'을 때린다. 파도가 연주하는 "철썩~ 차르르" 소리가 노래에 감칠맛을 더해준다. 남편은 노래를 함께 흥얼거린다. 어디든 함께할 수 있는 좋은 악기를 만나고 나서 여행의 추억이, 삶이 더 풍요로워졌다.

나는 우리 가족의 주말 이야기를 초등학교 학생들에게 자주 들려준다. 이렇게 주말 이야기를 나누는 것이 일주일에 한 번 만나는 우리가 짧은 시간 친해질 수 있는 비결이기도 하다. 아이들에게도 '주말'이 주는 특별함이 있다. 예전에는 주말이니까 핸드폰 게임을 실컷 했다거나 TV를 실컷 봤다는 친구들이 많았다. 그런데 어느 날부터인가 하나둘 우쿨렐레를 사달라고 엄마를 조르더니 여행 갈 때도 챙겨서 가족들 앞에서 연주했다는 친구들이 점점 늘어났다. 부모님께는 조금 죄송하지만, 나로서는 아주 기분 좋은 변화이다.

"선생님, 저도 우쿨렐레 가지고 캠핑 다녀왔어요!"

몇 주 뒤, 드디어 반에서 우쿨렐레와 함께 캠핑을 다녀왔다고 하는 친구가 나타났다. 여느 때처럼 주말 지낸 이야기를 나누는데 1학년 효민이가 손을 번쩍 들고 말했다. 이번 캠핑에 가족들에게 우쿨렐레 연주를 들려주었다고 자랑스럽게 이야기하는 것이었다.

“예전에는요. 엄마가 짐 많다고 안 된다고 하셨는데요! 선생님이 알려준 대로 말했어요.”

그렇다. 효민이네 가족은 아빠, 엄마, 오빠, 효민이 이렇게 네 식구다. 효민이는 캠핑 갈 때 우쿨렐레를 가지고 가고 싶다고 나에게 늘 말했었다. 그런데 엄마가 “짐이 많아서 안 돼”라고 하며 절대 못 가지고 가게 했다며 하소연하던 아이다. 그래서 두 가지만 지키면 된다고 일러주었다.

첫 번째, 우쿨렐레는 반드시 효민이가 들고 다닐 것.
두 번째, 가지고 갔으면 반드시 가족들을 위해 노래를 연주할 것.

그리고 쉬는 시간에 우리는 마지막 작전을 세웠다. 내가 선생님이 아닌 엄마의 눈으로 봤을 때, 성공확률이 높은 완벽한 계획이었다. 효민이 말에 따르면 이 마지막 작전이 가장 효과적이었다고 했다. 효민이는 엄마에게 이렇게 말했다고 한다.

“엄마, 캠핑 가서 우리 가족과 함께 부르고 싶은 노래가 있어요. 열심히 연습했으니까 딱 한 번만 가져가게 해주세요.”

너무 기특해서 눈물이 다 날 뻔했다. 이 한마디로 엄마의 마음을 녹인 것이다. 우쿨렐레와 함께 캠핑을 보내고 온 효민이의 연주 실력은 몰라보게 좋아졌다. 가족들의 칭찬과 박수 소리에 힘입어 한껏 자신감이 붙었다. 이제 악보 없이도 우쿨렐레 치면서 노래 부를 수 있겠다고 했으니 말이다. 다음 곡으로 볼 빨간 사춘기의 '여행'을 알려달라고 신청 곡을 얘기하는 효민이의 모습에 흐뭇한 날이었다. 가족과 함께 불 가에 앉아서 노래 부르고 싶은 효민이의 꿈이 이루어진 것이다.

바다에서 '파도 멍'을 때리거나 숲속에서 '불멍'을 때리면서 우쿨렐레를 연주해 본 적이 있는가? 집에서 연주할 때와는 분위기가 다르다. 그렇게 낭만적일 수가 없다. 나도 모르게 감성이 촉촉해지면서 맥주를 아무리 마셔도 취하지 않을 것만 같다. 작고 가벼운 우쿨렐레 네 줄의 소리가 잔잔하게 울릴 때, 나는 이 악기와 만나길 참 잘했다고 다시 한번 느낀다.

반려식물도 좋지만, 반려식물과 함께 여행은 갈 수 없다. 우리 집 볕이 가장 잘 드는 곳에서 햇볕을 쏘이는 것을 더 좋아할 테니까. 반려동물도 좋지만, 펫팸족으로 여행하려면 돈이 많이 들거나 주변 사람 눈치를 많이 봐야 할 수 있다. 그런 당신에게 반려악기 '우쿨렐레'를 추천한다.

"엄마가 이제 우쿨렐레 꼭 챙기래요!"

이제 당신도 우쿨렐레와 함께 어디든 갈 수 있다.

# 기본 코드만 알면 100곡은 연주할 수 있다

"자기의 할 일을 발견하고 자기가 하는 일에 신념을 가진 자는 행복하다."

칼라일

"언니, 주차 정말 잘한다. 이렇게 좁은데 어떻게 한 번에 넣지?"

조수석에 앉은 막냇동생이 주차하는 내 모습을 보고 탄성을 질렀다. 막내는 운전면허를 딴 지 얼마 안 되어서 주차공식을 또렷하게 기억하고 있었다. 나도 처음 운전을 배울 때는 늘 떠올렸다. '어깨선에 맞춰서 선다', '핸들을 다 감고 꽁무니를 흰 선에 맞춘다', 등. 그런데 그렇게 배운 대로 하지 않고도 후진 주차를 하는 내 모습이 신기했던 모양이다. 나도 처음에는 공식 없이는 아무것도 못 했다. 주차선을 밟아 시험에서 '똑' 떨어진 적도 있다. 하지만 지금은 좁은 공간에서 '톱 썰기 신공'(주차하기 위해 왔다 갔다 하는 것)도 해낸다. 이미 내 몸에 주차의 기본 감각이 스며들었기 때문이다.

우쿨렐레도 '코드 공식'이 있다. 손가락으로 정해진 위치를 누르면 간편하게 코드를 바꿀 수 있다. 코드 공식도 한번 몸에 익히고 나면 코드를 짚는 손가락 근육이 코드 모양을 쉽게 기억할 수 있다. 다만 공식이 손가락 모양으로 자리잡히기 전까지 훈련하는 시간이 필요하다.

"아니, 교사자격증이 있으면서 교육대학원에 왜 왔어요?"

내가 좋아하는 우쿨렐레만큼은 잘 가르쳐보고 싶었다. 나는 어려운 내용도 학생들이 끝까지 이해할 수 있도록 쉽게 풀어 알려주고 싶다. 어미 새가 새끼 새들을 먹일 때의 마음이랄까? 잔뼈를 발라내고 꼭꼭 씹어서 입에 쏙 넣어주고 싶다. 이것이 사범대학을 졸업한 내가 다시 교육대학원에 들어가 공부를 했던 이유다. 최종 연구 논문도 '우쿨렐레'를 주제로 썼다.

2015 개정 교육과정의 16종 중학교 음악 교과서를 분석했다. 가장 많이 등장하는 코드가 있었다. 바로 'C 코드'였다. C 코드는 왼손 손가락 하나로 운지할 수 있어서 가장 기본이 되는 코드이다. 음악의 3화음은 1도, 4도, 5도이다. '다장조'의 곡에서 도미솔의 '1도' 화음과 파라도의 '4도' 화음 그리고 솔시레의 '5도' 화음, C 코드, F 코드, G7 코드를 기본으로 배우게 된다.

우리는 평소에 손가락 끝으로 키보드의 자판이나 핸드폰을 터치한다. 딱딱한 플라스틱 줄을 "꾸욱" 눌러볼 일이 별로 없다. 그런데 어떤 현악기든 손가락 끝부분으로, 다른 줄을 건드리지 않고 현을 눌러야 예쁜 소리가 난다. 우쿨렐레 줄은 현악기들 사이에서는 비교적 얇은 편이다. 하지만 이런 자극에 익숙하지 않아서 처음에는 연한 손끝이 아플 수 있다. 학생들이 고사리 같은 손으로 우쿨렐레 줄을 누르며 아프다고 말할 때, 내 마음도 아팠다. 이것만 극복하면 더 재미있게 노래를 부르면서 우쿨렐레를 즐길 텐데, 코드 잡는 것이 어렵다고 해 보지도 않고 포기해버리는 친구들을 보면 더 잘 알려주지 못한 내 탓 같았다.

"아이들이 이 세 코드만 쉽게 익힐 수 있다면 우쿨렐레가 더 재미있어질 텐데..."

그래서 내가 수업 시간에 사용하는 방법이 있다. 색깔 스티커를 사용하는 것이다. 학생들이 기본 코드 세 개를 머릿속으로 더 잘 떠올릴 수 있도록 색깔과 연관 지어 생각하게 하는 것이다. 가장 기본이 되는 세 코드(C, F, G7)를 더욱 쉽고 확실하게 알려주기 위해 '삼원색'과 연결 지어 보았다. 결과는 성공적이었다! 학생들은 확실히 색깔 스티커를 붙였을 때 코드를 더 잘 찾았다. 그래서 초등학교 1학년 학생들을 대상으로 하는 첫 수업 시간, 학생들과 함께 우쿨렐레 지판에 색깔 스티커를 붙인다. 색깔과 함께 코드를 기억하게 한다.

왼손으로 지판을 누를 때 사용하는 손가락은 왼손 검지, 중지, 약지, 소지의 네 손가락이다. 엄지손가락은 우쿨렐레 넥 뒤에서 지지

해주는 역할이기 때문에 우쿨렐레에서 각각 왼손 검지가 1번 손가락, 중지가 2번 손가락, 약지가 3번 손가락, 소지가 4번 손가락이 된다.

지판에 색깔 스티커를 붙이고 코드에 별명을 붙여주는 방법을 소개한다.

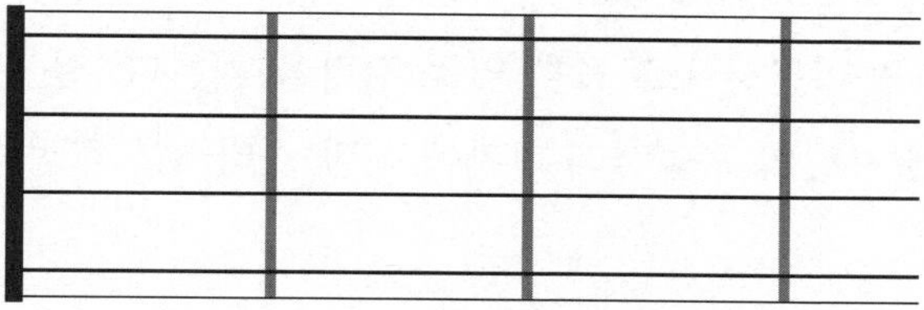

위에 우쿨렐레의 지판의 모습을 보자. 우쿨렐레를 연주할 때, 우쿨렐레 머리(헤드)는 왼쪽에 위치하고, 사운드홀이 있는 몸통(바디)는 오른쪽에 위치한다. 우쿨렐레의 네 줄 중에 내 얼굴에서 가장 가까운 줄은 4번 줄(4층)이다. 그리고 배꼽과 가까운 줄은 1번 줄(1층)이다. 이제 그 상태로 몸에서 떼어 가만히 책상 위에 올려놓고 살펴보자. 내 몸에서 떼어 책상 위에 올려놓으니 코드표에서는 가장 윗줄이 1층이 되고 가장 아래 줄은 4층이 된 것이다.

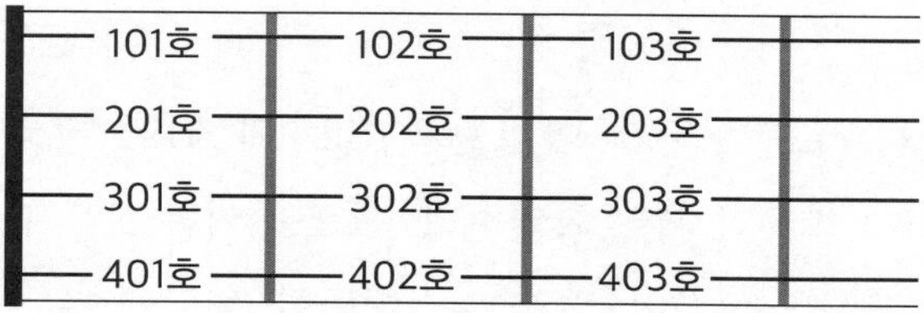

"씩씩한 빨강이는 103호에 혼자 살아요."

나는 시범을 보이기 위해 칠판에 코드표를 그린다. 학생들이 각자의 우쿨렐레에 스티커를 붙이기 전에 칠판에 색깔 자석을 붙여보며 놀이한다. C 코드를 알려주기 위해서 빨강 자석을 가장 먼저 건넨다. 학생이 103호 줄에 빨강 자석을 붙인다. '집 찾아주기 게임'처럼 스티커를 붙이면서 코드표를 읽는 감각을 기른다. 선생님과 학습이 끝나면 자신의 우쿨렐레 지판에 색깔 스티커를 직접 붙여본다.

"나는 초록이에요. 201호에 살고 있어요."
"나랑 단짝 친구인 노랑이는 402호에 살아요."

이렇게 붙인 초록색 스티커와 노란색 스티커를 함께 누르면 F 코드가 된다.

"나는 초록이에요. 201호에 살지요?"
"저의 쌍둥이 동생을 소개할게요. 파랑이들이에요. 102호와 302호에 살아요!"

이것이 G7 코드가 된다. 아이들은 102호와 302호에 파란색 스티커를 붙이며 짝꿍과 서로 확인한다. 세 스티커를 모두 붙이고 나서 초파파를 동시에 누르면 G7 코드를 연주할 수 있게 되는 것이다. 그러면 이렇게 정리할 수 있다.

| 코드이름 | 색깔 | 색깔별명 | 사는 곳 |
|---|---|---|---|
| C코드 | 빨강색 | 빨강씨 | 103호 |
| F코드 | 초록색+노랑색 | 초노프 | 102호+402호 |
| G7코드 | 초록색+파랑색+파랑색 | 초파파 | 102호+201호+302호 |

이렇게 색깔과 연결해서 배운 코드는 기억 속에 오래 남는다. 내가 "G7은?" 하고 물어봤을 때 학생들이 자동으로 "초파파"라고 대답할 정도니 말이다. 아이들은 코드와 연결된 색을 떠올리며 손가락을 움직이고 자연스럽게 손가락 근육이 코드를 익힌다. 색깔을 떠올리는 것 없이도 손가락이 저절로 코드를 짚어내면 졸업이다. 그동안 도움을 준 색깔 스티커를 다 떼어낸다.

스티커를 붙이는 것이 유치하다고 생각할지도 모르겠다. 하지만 이 방법은 하루에 세 가지 코드도 배울 수 있게 한다. 일주일에 한 번 만나는 중학생들에게도 잘 먹히는 방법이다. 코드에 색깔 스티커를 붙이지 않았을 때는 늘 제자리걸음이었다. 하지만 코드와 빠르게 친해지고 시각적으로 코드를 느껴 본 학생들은 빠르게 다음 단계로 나아갈 수 있다. 매번 코드를 외우다가 끝나는 수업이 아니라 손가락 모양이 더 빨리 잡혀서 원하는 곡을 배울 수 있었기 때문이다. 스쿼트의 기본자세를 몸이 기억해야 다른 하체 근력운동에도 마음껏 도전해 볼 수 있는 것처럼 말이다.

음악교사가 되고 싶었던 내 꿈을 과감히 버리고 나서, 한동안 아이들의 반짝이는 눈빛이 몹시 그리웠다. 내가 다시 우쿨렐레로 아이들 앞에 서고 싶다는 생각이 들었을 때, 다짐한 것이 있다. 어려운 것도 쉽게 가르치고 싶었다. 그리고 이 악기로 배움의 기쁨만이 아니라 진정한 사랑을 담아 전하고 싶었다.

학생들의 정성 가득한 편지와 마스크 위로 거침없는 뽀뽀 세례에 한 학기가 정신이 없이 흘렀다. 마지막 수업 날, 내 수업을 참관하시던 선생님께서 이 작은 악기로 학생들과 즐겁게 수업하고 긍정 에너지를 나눠주는 나를 응원해주는 말씀을 해주셨다. 솔직히 부럽다고 하셨다. 그런 칭찬을 들으니 나도 감사했고 행복했다.

집에 와서 흐뭇한 미소로 학생들에게 받은 손편지와 작은 종이접기 선물을 바라보며 웃고 있는데, 남편이 나에게 이렇게 말했다.

"그래, 당신은 학생들의 사랑을 먹고 사는 사람이었지."

모든 것이 우쿨렐레 덕분이다. 오늘도 벅차도록 사랑받고 있다는 사실이 행복하다.

"자, 세 가지 기본 코드로 연주할 수 있는 동요 100곡을 소개한다."

당신도 도전해보면 어떨까?

### 하루 15분 우쿨렐레의 힘 100곡

| 번 호 | 예시곡 | 사용코드 |
|---|---|---|
| 1 | 여우야 여우야 | 안 누르고 연주 |
| 2 | 원숭이 엉덩이는 빨개 | 안 누르고 연주 |
| 3 | Are you sleeping | C |
| 4 | Row row row your boat | C |
| 5 | 거미가 줄을 타고 올라갑니다 | C |
| 6 | 곰 세 마리 | C |
| 7 | 동물흉내(오리는 꽥꽥) | C |
| 8 | 리'자로 끝나는 말은 | C |
| 9 | 새신 | C |
| 10 | 어린송아지 | C |
| 11 | 가을바람 | C-G7 |
| 12 | 겨울밤 | C-G7 |
| 13 | 나비야 | C-G7 |
| 14 | 달(달 달 무슨 달) | C-G7 |
| 15 | 도깨비 빤스 | C-G7 |
| 16 | 동네 한 바퀴 | C-G7 |
| 17 | 모두가 천사라면 | C-G7 |
| 18 | 비행기 | C-G7 |
| 19 | 사과 같은 내 얼굴 | C-G7 |
| 20 | 산토끼 | C-G7 |
| 21 | 시계 | C-G7 |
| 22 | 엄마돼지 아기돼지 | C-G7 |
| 23 | 열 꼬마 인디언 | C-G7 |
| 24 | 올챙이와 개구리 | C-G7 |
| 25 | 우리 모두 다 같이 | C-G7 |
| 26 | 쥐가 백 마리 | C-G7 |
| 27 | 텔레비전 | C-G7 |
| 28 | 학교 종 | C-G7 |
| 29 | Feliz Navidad | C-F-G7 |
| 30 | You are my sunshine | C-F-G7 |
| 31 | 가을 소풍 | C-F-G7 |
| 32 | 가을길(노랗게 노랗게 물들었네) | C-F-G7 |

| | | |
|---|---|---|
| 33 | 개구리(개굴개굴 개구리) | C-F-G7 |
| 34 | 고기잡이(고기를 잡으러 바다로) | C-F-G7 |
| 35 | 고드름 | C-F-G7 |
| 36 | 고래와 코끼리(화창한 봄날에~코끼리아저씨) | C-F-G7 |
| 37 | 고요한 밤 | C-F-G7 |
| 38 | 고향땅(고향땅이 여기서 얼마나 되나) | C-F-G7 |
| 39 | 구슬비(송알송알) | C-F-G7 |
| 40 | 그대로 멈춰라 | C-F-G7 |
| 41 | 기차길옆(기차길옆오막살이) | C-F-G7 |
| 42 | 꼬까신 | C-F-G7 |
| 43 | 꼬마눈사람(한겨울에 밀짚모자) | C-F-G7 |
| 44 | 꼬부랑 할머니(꼬부랑 할머니가 꼬부랑 고갯길을) | C-F-G7 |
| 45 | 꽃밭에서(아빠하고 나하고 만든 꽃밭에) | C-F-G7 |
| 46 | 나무는 봄비를 | C-F-G7 |
| 47 | 나의 꿈 | C-F-G7 |
| 48 | 내 동생(내동생 곱슬머리 개구쟁이 내동생) | C-F-G7 |
| 49 | '넌 할 수 있어'라고 말해주세요 | C-F-G7 |
| 50 | 노래는 즐겁다 | C-F-G7 |
| 51 | 높은 하늘 | C-F-G7 |
| 52 | 눈(펄펄 눈이옵니다) | C-F-G7 |
| 53 | 눈사람 | C-F-G7 |
| 54 | 다람쥐(산골짝에 다람쥐) | C-F-G7 |
| 55 | 닮았대요(엄마하고 손목잡고 같이 걸으면) | C-F-G7 |
| 56 | 동물농장(닭장 속에는 암탉이) | C-F-G7 |
| 57 | 둥근 해가 떴습니다 | C-F-G7 |
| 58 | 똑같아요 | C-F-G7 |
| 59 | 루돌프 사슴코 | C-F-G7 |
| 60 | 리듬악기 노래(큰북을 울려라) | C-F-G7 |
| 61 | 무지개(알쏭달쏭 무지개) | C-F-G7 |
| 62 | 바둑이 방울(달랑 달랑 달랑) | C-F-G7 |
| 63 | 바른 먹거리 song | C-F-G7 |
| 64 | 밖으로 나가놀자 | C-F-G7 |
| 65 | 사랑해요(사랑해요 사랑해요) | C-F-G7 |
| 66 | 산중호걸 | C-F-G7 |

| | | |
|---|---|---|
| 67 | 생일 축하 합니다 | C-F-G7 |
| 68 | 섬집아기 | C-F-G7 |
| 69 | 솜사탕 | C-F-G7 |
| 70 | 수박 파티(커다란 수박하나) | C-F-G7 |
| 71 | 숲 속의 나라 | C-F-G7 |
| 72 | 숲속 작은집 | C-F-G7 |
| 73 | 숲속을 걸어요 | C-F-G7 |
| 74 | 아름다운 나라 | C-F-G7 |
| 75 | 안녕 | C-F-G7 |
| 76 | 알로하오에 | C-F-G7 |
| 77 | 어린 음악대 | C-F-G7 |
| 78 | 어린음악대(따따따 주먹손으로) | C-F-G7 |
| 79 | 어린이 노래(하늘 향해 두 팔 벌린) | C-F-G7 |
| 80 | 여름 냇가(시냇물은 졸졸졸) | C-F-G7 |
| 81 | 여름 방학(푸른 산이 부른다) | C-F-G7 |
| 82 | 열차 여행 | C-F-G7 |
| 83 | 우리나라 꽃 (무궁화 무궁화) | C-F-G7 |
| 84 | 우리는 친구 | C-F-G7 |
| 85 | 자전거(따르릉 따르릉) | C-F-G7 |
| 86 | 작은 동물원(삐약삐약 병아리) | C-F-G7 |
| 87 | 작은 별(반짝반짝 작은 별) | C-F-G7 |
| 88 | 종이접기 | C-F-G7 |
| 89 | 창밖을 보라 | C-F-G7 |
| 90 | 초록바다(초록빛 바다 물에) | C-F-G7 |
| 91 | 코끼리(코끼리아저씨는 코가 손이래) | C-F-G7 |
| 92 | 쿵따리 샤바라 | C-F-G7 |
| 93 | 통통통통(털보영감님) | C-F-G7 |
| 94 | 파란 가을 하늘 | C-F-G7 |
| 95 | 퐁당퐁당 | C-F-G7 |
| 96 | 풍선 | C-F-G7 |
| 97 | 학교 가는 길 | C-F-G7 |
| 98 | 햇볕은 쨍쨍 | C-F-G7 |
| 99 | 허수아비 아저씨 | C-F-G7 |
| 100 | 흰 구름(미루나무 꼭대기에) | C-F-G7 |

# 선생님,
# 우쿨렐레가
# 재미있어요

"도전은 인생을 흥미롭게 만들며 도전의 극복이 인생을 의미 있게 한다."

조슈아 J.마린

수업을 마치고 날이 추워서 몸을 좀 녹이고 싶었다. 종종걸음으로 들어간 카페에서 따뜻한 레몬 생강차를 한잔 홀짝이고 있는데, 옆 테이블에 앉아계시던 여자분이 말을 걸었다.

"저, 혹시 OO 중학교 우쿨렐레 선생님이세요?"

그분은 문화센터에서 우쿨렐레를 배웠다고 하시면서 우쿨렐레 1:1 레슨을 받을 수 있는지 물어보셨다. 그렇게 정 선생님과의 첫 만남이 시작되었다.

정 선생님은 전업주부시다. 매일 아침, 중학생 아들 둘을 깨우고 남편을 밥 먹여 출근시키기 바쁘다. 폭풍 같은 아침 시간을 보낸 뒤, 멍하게 TV 채널을 돌리던 날이었다. 아침 프로그램에 '우쿨렐레'를 취미로 배우는 사람들이 소개되었단다. 10분 정도로 짧은 영상이었지만 이 조그마한 악기가 '하와이'에서 왔고 '벼룩(Uku)이 톡톡 튀다(Lele)'라는 뜻을 가졌다는 것이 선생님의 뇌리에 콕 박혔다고 하셨다. 왜냐하면, 우쿨렐레를 연주하는 사람들의 밝은 표정과 생기 넘치는 우쿨렐레 소리가 TV를 끄고 나서도 귓가에 맴돌았기 때문이다.

'와, 나도 저거 한번 배워 봐야겠다!'

기타는 너무 어려워서 포기했었는데 저 악기라면 나도 한번 도전해볼 수 있겠다는 생각이 들었다고 한다. 정 선생님은 그날 바로 집 근처 문화센터를 등록하셨다. 3년 동안 아마추어 우쿨렐레 연주 팀으로 연말에 성과 발표 무대에도 여러 번 서게 되셨다. 공연에 사람들을 초대하고 가족들의 축하를 받으며 더욱 자신감이 생겨 큰맘 먹고 악기도 업그레이드했다는 말씀도 하셨다. 이제는 코드를 치며 노래하는 것 이상으로 우쿨렐레를 더 잘 연주하고 싶다고 했다. 나는 이토록 배움에 열정적인 분을 알게 된 것만으로도 기쁘고 감사했다. 그렇게 일주일에 한 번 우리의 만남이 시작되었다.

매주 수요일 오전 10시, 선생님께 1:1 레슨을 해 드렸다. 코로나가 터지고 집콕 생활로 지쳐갈 때쯤 우쿨렐레가 본격적으로 삶의 활력이 되었다고 하셨다. 코드를 연주하며 노래를 부르는 것은 충분히 잘하고 계셨다. 그런데 정 선생님의 우쿨렐레 연주를 지켜보니 몇 가지 바로잡아야 할 습관이 보였다.

가장 먼저 수정해 드린 것은 오른손의 연주 자세였다. 스트럼을 연주하는 오른손이 로봇의 팔 같았다. 지나치게 넓은 폭으로 움직이며 불필요한 힘도 들어가 뻣뻣한 느낌이 들었다. 액션을 크게 하지 않아도 예쁜 소리로 연주할 수 있는데 방해가 되었다. 이것은 정 선생님뿐만 아니라 집단 수업을 받으신 분들에게 찾아볼 수 있는 문제점이다. 내 연주 모습은 가르치는 선생님의 모습을 닮아가기 마련이다.

누구나 처음에 정 선생님처럼 문화센터에서 우쿨렐레를 시작할 수 있다. '우쿨렐레'와 관련한 유튜브 채널이나 취미 악기를 배우는 플랫폼을 통해 집에서 독학하는 경우도 있다. 하지만 이 방법들이 우쿨렐레를 배우는 가장 좋은 방법은 아니다. 악기를 배울 때 가급적이면 옆에서 하나하나 알려줄 수 있는 선생님을 두는 것이 좋다. 자신도 모르는 사이에 나쁜 연주 습관이 생길 수 있기 때문이다. 연주에 방해가 되는 그 나쁜 습관은 교정하는 데에 시간이 좀 걸린다.

선생님께서는 이번 기회에 제대로 깊이 있게 우쿨렐레를 배워보고 싶다는 각오가 있으셨다. 나는 바르지 않은 자세부터 조금씩 교정해 나갔다. 아무리 오랫동안 연습한다고 해도 올바르지 않은 자세와 습관이 있으면 빨리 지칠 뿐 실력은 잘 늘지 않는다. 천천히 설명하고 하나씩 고쳐나갔다. 이것이 악기를 1:1 레슨으로 배울 때의 최대 장점이라고 할 수 있다.

정 선생님은 만날수록 더 열정적인 40대셨다. 문화센터에서 영어

회화도 배우시고 '시 읽는 모임'도 참여하시는 멋진 분이었다. 언제나 밝게 미소 지어 보이시던 정 선생님께서 하루는 평소답지 않게 시무룩한 모습이셨다. 나는 우쿨렐레를 연주하시는 소리만 들어봐도 알 수 있다. 지난 주말, 무슨 일이 있으셨냐고 여쭤보았다. 이유가 있었다. 또래보다 뒤늦게 사춘기를 맞이한 중학교 2학년 아들이 한 말 한마디 때문이었다.

"엄마, 다 좋은데 노래만 안 부르시면 안 돼요?"

기분 좋은 햇살이 들어오는 주말 아침에 우쿨렐레를 연주하고 있었는데, 아들의 이 말이 선생님께는 꽤 상처가 되었던 모양이다. 그래서 이제 혼자 있을 때만 노래를 불러야겠다고 힘없이 말씀하셨다. 평소에도 행여나 아이들에게 방해가 될까 살금살금 소리죽여 연주했는데 이젠 노래를 부르고 싶어도 우쿨렐레만 친다고 하셨다.

성악 전공인 내가 듣기에 선생님은 목소리가 따뜻한 톤이고 차분하게 부르셨을 텐데 조금은 의아했다. 그날처럼 한번 연주해보시라고 했다. 연주를 듣고 보니 몇 가지 알려드리고 싶은 것이 생겼다. 먼저 우쿨렐레 스트럼 반주와 노래할 때의 박자가 조금씩 엇나갔다. 오른손 스트럼이 몸에 익숙해지지 않은 상태로 노래와 함께 바로 부르려고 하다 보니 노래도 매끄럽게 불리지 않고 스트럼을 연주하는 오른손에도 힘이 필요 이상으로 많이 들어가 있었다.

어린 시절 피아노를 배워본 기억을 떠올려보자. 이미 배워 아는 곡인데 양손을 함께 치면 자꾸 박자가 느려지고 매끄럽게 연주할 수 없다. 결국, 처음부터 다시 차근차근 연습해야 한다. 오른손을 박자에 맞게 연습하고 사과를 10개 색칠한다. 왼손도 사과를 10개 색칠한다. 그러고 나면 양손 연주가 제법 매끄럽게 들리고 훨씬 안정적으로 연주할 수 있다. 듣는 사람에게도 편하게 들린다.

"선생님 말씀이 맞아요. 제가 빨리 완성하고 싶은 마음에 조금 성급했던 것 같아요"

나의 설명을 듣고 정 선생님은 고개를 끄덕이셨다. 우쿨렐레도 피아노를 배울 때처럼 처음부터 끝까지 박자에 맞게 오른손 스트럼을 먼저 연습한다. 멜로디를 우쿨렐레로 연주하거나 노래로 부른다면 노래를 박자에 맞게 연습해야 한다. 그다음 양손 연습처럼 함께 하모니를 만들어내야 한다. 이렇게 단계별로 연습하지 않은 채로 바로 연주하려고 하다 보면 두 마리 토끼 모두 놓치게 되는 셈이다.

짧은 시간 연습을 해도 올바른 방법으로 연습해야 한다. 게다가 '문 리버' 같은 잔잔한 곡은 훨씬 더 천천히 아르페지오 주법(화음을 이루는 각 음을 순차적으로 연주하는 주법)으로 연주하면 더 좋다고 말씀드렸다. 아르페지오로 시범을 보여드렸다.

"칼립소(주법의 종류)가 최고인 줄 알았는데 곡에도 저마다 어울리는 주법이 있네요!"

정 선생님은 1:1 레슨을 받으시면서 실력이 갈수록 일취월장하셨다. 나이를 먹을수록 '나도 할 수 있어!'라는 생각보다 '과연 내가 할 수 있나?'라는 의심을 더 많이 하게 된다. 그래서 우리는 수업의 마지막을 항상 영상으로 남겨둔다. 내가 이번 시간 여기까지 연습했다는 것을 기록해줄 뿐만 아니라 얼마나 발전하는 지 바로 확인할 수 있는 나의 발자취이기 때문이다. 감히 연주할 엄두도 나지 않았던 곡을 도전하고 실력이 향상되는 나의 모습을 보는 것은 감동 그 자체다. 쉽고 재밌고 자신감도 쑥쑥 붙으니 우쿨렐레는 참 마법의 악기이다.

"오랜만에 문화센터에서 함께 우쿨렐레를 배웠던 친구들을 만났어요. 다들 실력이 과거에 머물러있더라고요. 저는 선생님을 만나서 정말 다행이에요."

처음에는 아주 쉽고 간단한 숙제에도 "내 나이가 반백 살인데 무슨 숙제에요?"라고 하셨다. 이제는 수업이 끝날 무렵 "오늘 숙제는 뭐예요?"라고 먼저 물어보신다. 악기 연주 실력을 향상시키는 데는 '꾸준함'이 최대의 무기이다. '하루 15분'은 하루의 단 1%에 해당하는 시간이다. 15분만 짬을 내서 우쿨렐레를 연습해도 충분하다. 정 선생님은 하나씩 알아가는 배움의 기쁨을 느끼며 자신을 기특하게 생각하게 되셨다. 이 악기로 찬양을 부르며 교회에서 사역과 봉사를 하신다.

정 선생님뿐만이 아니다. '우쿨렐레를 이제 좀 알 것 같고 시시해진다'고 느껴질 무렵 맞춤형 1:1 레슨을 찾아온 선생님들은 시들어

가던 열정을 다시 불태우며 수업을 받으신다. 거울 앞에 서서 연주해보거나 나의 연주를 동영상으로 찍어서 내 모습을 한번 확인해보자. 오랜 시간을 배웠음에도 불구하고 연주하는 모습이 어딘지 어색하고 초보자 같다면 변화가 필요한 때이다.

목적지까지 가는 방법에는 여러 가지가 있다. 풍경을 바라보며 여러 정거장을 들러 목적지까지 가는 버스로 갈 수도 있다. 하지만 우리는 가끔 택시를 탄다. 시간을 줄여주기 때문이다. 악기를 배울 때도 그렇다. 올바른 지름길을 선택해서 나에게 부족한 부분을 알맞게 채워나갈 수 있다. 실력이 쌓이는 것은 물론이다. 의사는 감기 환자에게 다 똑같은 약을 처방해 주지 않는다. 콧물이 나는 사람, 목이 따끔따끔하고 가래가 끼는 사람, 으슬으슬 춥고 오한이 오는 사람에게 처방해 주어야 하는 약은 모두 다르다.

"선생님, 우쿨렐레가 참 재미있어요!"

아무래도 정 선생님은 우쿨렐레가 부리는 마법에 흠뻑 빠지신 것 같다.

# 우쿨렐레가 맺어준 고마운 인연

"세상을 보는 데는 두 가지 방법이 있다. 한 가지는 모든 만남을 우연으로 보는 것이고, 다른 한 가지는 모든 만남을 기적으로 보는 것이다."

알버트 아인슈타인

나는 1남 2녀 중 첫째로 동생이 두 명 있다. 그중 막내 여동생은 나와 열한 살 차이가 난다. 내가 고등학생이었을 때, 7살이던 막내의 손을 잡고 상추를 사러 간 일이 있다. 엄마께서 오늘 저녁으로 고기를 구워 먹자고 하셔서 심부름하러 간 것이다. 추운 날씨에도 아파트 단지 아래에는 허리가 구부정한 할머니들이 야채를 팔고 계셨다. 차가운 보도블록 길바닥 위에 쪼그려 앉아 상추를 다듬으시는 할머니의 손이 안쓰러워 보였다. 돈만 있으면 내가 다 사드릴 텐데... 상추를 5천 원 어치 사려고 할머니께 돈을 내밀었다. 인심 좋은 할머니께서는 크게 한 줌 더 넣어주셨다.

“감사합니다. 많이 파세요.” 내가 인사를 하고 돌아서는데 갑자기 할머니께서 동생에게 말을 거셨다. “근데, 이 사람은 누구야?” 하시더니 손가락으로 나를 가리키는 것이었다. ‘나는 왜 갑자기 그런 걸 물어보지?’ 하고 속으로 생각했다. 막내가 “우리 언니예요”라고 대답했다. 그런데 이어지는 할머니의 말씀이 너무나 충격적이었다. 할머니는 내 동생을 보고 고개를 끄덕이시면서 이렇게 말씀하셨다.

“응, 엄마가 그렇게 말하라고 시켰어?”

이게 무슨 말인가? 나는 머리를 맞은 듯 정신이 아득해졌다. 상추 할머니는 내 쪽은 쳐다보지도 않고 동생만 바라보며 그렇게 말씀하시는 것이었다. 내가 옆에서 “저 친언니 맞아요!” 다급하게 외쳤다. 하지만 할머니께서는 내 말을 믿기기는커녕 아이에게 거짓말을 하게 시킨 젊은 엄마로 확신하시는 듯했다. ‘뭐라고? 만 열여덟 꽃 같은 나이인데! 애 엄마라니?’ 뭔가 상당히 억울했다. 속상했던 나는 집으로 돌아와서 낱낱이 일러바쳤다. 어느 자리에 앉아있는 상추 할머니고 다시는 그 할머니 물건을 팔아주면 안 된다는 둥! 콧김이 뿜어져 나왔다. 어이없는 상추 사건을 들으신 부모님께선 그저 웃어넘기셨다. 하지만 그날의 충격 때문인지 나는 한동안 막내와 같이 나가는 것을 피하게 되었다. 그 상추 사건의 충격이 두고두고 내 머릿속에 남았기 때문이다. 그러던 막내가 대학 입시를 치던 해에 나에게 말했다.

"나 언니랑 함께 가야 면접 잘 볼 것 같아."

부모님의 입장으로는 어느덧 자식 셋 육아의 끝이 보이고 있었다. 그래도 대학까지 보내놓아야 진짜 다 키웠노라고 하지 않은가? 그래서 부모님과 나는 서로의 육아를 바꿔서 하게 되었다. 나의 5살 아들을 잠시 부모님께 맡기고 동생의 면접을 도와주기 위해 예상 문제를 만들었다. 대학 시절 지옥의 면접 훈련 캠프에 2박 3일 참여했던 경험을 떠올렸다. 나는 꼬장꼬장한 면접관이 되어 압박 질문도 했다. 이미지 메이킹 강사가 되어 어떤 옷을 입을지 헤어스타일은 어떻게 할지 알려주었다.

목표로 하던 학교의 두 곳을 함께 다녀오고 나서 동생은 마침내 경희대에 입학했다. 가문의 영광이었다! 부모님께서도 막내의 합격을 어찌나 기뻐하시던지 나에게 포상 휴가를 주셨다. 나는 이때가 처음이자 마지막 기회라고 생각했다. 육아로 심신이 지쳐있었고 이 핑계로라도 콧바람을 좀 쐬고 싶었기 때문이다. 새내기 대학 생활 시작을 앞둔 막내와 치밀하게 해외여행 계획을 짰다. 우리가 보라카이로 4박 6일 여행을 떠나게 된 것이다. 남편에게 먼저 허락을 받았다. 부모님께서는 그동안의 공로를 인정해주시며 잘 다녀오라고 용돈도 챙겨주셨다. 그렇게 우리는 보라카이로 날아갔다.

인천 공항에서 짐을 부치는데 동생이 내 등에 멘 것은 안 부치느냐 물었다. 나의 단짝 우쿨렐레를 두고 하는 말이었다. "얘는 짐이 아니야, 내 분신이야." 그렇게 셋이 함께 비행기에 올랐다. 4시간의 설렘과 기다림 끝에 드디어 필리핀 땅을 밟을 수 있었다.

숙소는 해변 가까이에 있었다. 밤이 되면 1층에 있는 '펍'에서 라이브 음악 공연을 한다는 설명을 들으며 방을 안내받았다. 노래를 잘 부르는 가수를 초대해서인지 이미 사람들로 가득했다. 우리는 옥상에 있는 수영장에 갔다. 손님들은 라이브 음악을 즐기러 1층에 거의 모여 있었기 때문에 수영장은 아주 한산한 분위기였다. 시끌벅적한 1층과는 대조적으로 루프탑 수영장에는 잔잔한 팝송이 흘러나왔다. 수영복 위에 가운 하나 걸치고 우쿨렐레와 함께 선베드에 누웠다. 한국에서는 잘 보이지 않는 별들이 유난히 잘 보였다. 캄캄한 밤하늘에 빛나는 별들이 쏟아질 듯 아름다웠다. 수영장 물에 비치는 알록달록한 오색 불빛도 별처럼 빛났다.

"아! 이런 게 진정한 힐링이지."

도착하자마자 이곳저곳 돌아다니느라 피곤했을 법도 한데 우리는 수영장으로 몸을 던졌다. 보라카이에 온 지 몇 시간 지나지 않았는데도 시간이 가는 것이 정말 아까웠다. 하루라도, 일 분이라도 더 신나고 재미있게 놀아야 했다. 가져간 비치볼을 품에 안고 물장구를 치며 수영장을 한 바퀴 돌았다.

'이제 우쿨렐레 좀 쳐봐야지'라는 생각이 들어 가운을 챙겨입고 'I have a dream'을 불렀다. 동생은 동영상으로 꼭 남겨야 한다며 맞은편에서 나를 찍어주고 있었다. 내가 연주하는 소리에 건너편 바 쪽에서 호텔 직원 세 명이 모여 함께 흥얼거리는 모습이 보였다. 눈은 악보를 보고 있었지만, 그 친구들이 우쿨렐레 소리를 들으며 흥겹게 일하는 모습에 괜히 기분이 좋아졌다. 노래 한 곡을 다 부르고 나자 박수와 환호가 터져 나왔다. 예상치 못한 그 친구들의 반응에 쑥스러워하면서도 우리는 "Thank you" 하고 미소 지었다.

"유쿨렐리?"

그때 한 친구가 다가와서 악기를 보며 말을 걸었다. 나는 우쿨렐레를 한 번에 알아보는 그 친구가 놀라웠다. "Right. Can you play it, too?"(맞아. 너도 연주할 수 있어?). 그 친구는 악기 이름만 알고 연주는 못 한다고 했다. 나는 평소 연습하던 우쿨렐레 연주곡을 한 곡 더 연주했다. 떨리는 마음에 작은 실수도 있었지만, 오히려 더 큰 박수로 용기를 북돋아 주었다. 그 덕분에 우리는 순식간에 친해졌다. 악기 이야기부터 호텔에서 일하는 것이 힘들지 않은지 이런 저런 이야기를 나누었다.

출출해진 동생과 내가 한국에서 가져온 컵라면을 가져왔다. 그 친구들은 필리핀의 명물 '산미구엘'을 꺼냈다. 우리는 상대방이 가져온 음식이 더 귀하다며 웃었다. 친구들은 매워서 잘 못 먹는 것 같았다. 그래도 신라면 면발을 "호호" 불어가며 안 매운 척 맛있게 먹는 모습이 고마웠다. 남은 여행 기간 보라카이에서 무얼 하고 싶은지 물어보기에 내가 말했다.

"보라카이의 아침 해를 보고 싶어."

다음 날 아침, 우리는 일출을 보고 싶었다. 하지만 숙소는 석양이 보이는 자리에 있었다. 아쉬운 마음에 구글맵을 이리저리 살펴보았지만, 도대체 어떻게 가야 할지 알 수 없었다. 맨 처음 우쿨렐레를 알아보며 말을 건넸던 그 친구는 자신의 오프를 바꿔가며 우리를 가이드해주겠다고 약속했다. 다음날 새벽 약속처럼 그 친구가 우리를 안내해주었다. 보라카이의 석양보다 더 멋진 일출을 만날 수 있었다.

우리는 보라카이에서 새로 사귄 친구의 도움으로 현지인 친구와 영어로 이야기하면서 필리핀과 보라카이에 대한 소식을 알 수 있었다. 맛있는 망고를 고르는 방법, 예의 있게 물건을 깎는 방법, 스쿠버 다이빙 예약, 패러글라이딩 예약까지... 찐 현지인이 소개하는 맛있는 맛집과 마사지 집들은 내가 한국에서 검색해서 찾은 것과는 차원이 달랐다. 맛과 서비스는 너무나 좋았고 가격은 훨씬 저렴했다.

우리는 고마움과 아쉬움에 마지막 남은 경비로 그 친구가 가장 먹고 싶어 하는 저녁을 대접했다. 보라카이를 뒤로한 채 비행기에 오를 때까지 그 친구에 대한 고마움이 남아있다. 우쿨렐레가 맺어준 가장 짧지만 따뜻한 우정은 앞으로도 잊지 못할 것 같다. 그렇게 보라카이는 새파란 바다도, 타오르는 석양도 너무나 아름다운 곳이었다. 막내는 지금도 '우.쏘.공'이라고 말한다.

"보라카이의 추억은 (우)쿨렐레가 (쏘)아올린 작은 (공)이었지!"
"그래, 그 모든 게 우쿨렐레 덕분이었어!"

이 밖에도 우쿨렐레가 맺어준 소중한 인연들이 많다. 우쿨렐레 동호회에서 다양한 직업군의 사람들을 만났다. 한결같이 음악을 좋아하고 작은 경험도 소중히 여기는 좋은 사람들이었다. 이 인연들은 해를 거듭할수록 계속 진해져서 동호회 커플도 많이 생겼다. 그렇게 우쿨렐레로 시작한 두 인연이 만나 가족을 이루더니 봄, 가을이면 아이들과 함께 소풍을 떠났다.

마음을 모아 우쿨렐레를 연주하고 노래를 불렀다. 여러 차례 정기공연을 비롯한 대전의 국화축제, 유성 온천축제에도 함께했다. 혼자서는 설 수 없는 큰 무대지만 우리가 함께라면 가능한 일이었다. 회원의 결혼식에 우쿨렐레로 축가를 부른 일, 대학생 시절 '주막'이나 '일 일 찻집'을 했던 기억을 살려 남해에 있는 카페를 빌려 공연을 한 일도 있다. 파란 하늘의 독일마을과 바다가 한눈에 내려다보이는 남해의 어느 카페테라스에서 말이다.

우쿨렐레에 빠졌을 뿐인데, 좋은 인연들이 계속 생겨났다. 우리가 좋아하는 악기 '우쿨렐레'와 함께라면 모든 게 끝장이 났다. 함께 갯벌에서 조개도 캐고, 꽃게도 잡고, 버스킹 공연도 했다. 광주에 와서는 'ABC 우쿨릿' 멤버들과 기타와 우쿨렐레 듀엣 무대를 도와준 기타리스트 친구와의 만남도 빼놓을 수 없다. 인생의 여행을 마무리하는 날까지 우쿨렐레와 함께해온 나의 인연을 간직하고 싶다.

이 모든 시작에 '우쿨렐레'가 있었다. 이전의 나는 슬픔과 우울감이 덕지덕지 묻어 진흙투성이였다. 그런 내가 좋은 사람들과 함께할 수 있도록 이끌어 준, 구원의 악기이다.

# 아이와 함께 하는 우쿨렐레

"아이들이 말을 안 듣는다고 걱정하지 말고, 아이들이 항상 당신을 지켜보고 있다는 것을 걱정하라."

로버트 풀검(미국 작가)

대학생 시절, 나는 과외를 해서 용돈을 마련했다. 가끔 성악 전공을 살려 결혼식 축가를 부르는 아르바이트를 한 적도 있다. 하지만 주로 중학생들 '영어 과외'를 했다. 영어 과외를 하면서 모범생들도 많이 만났다. 공부하라는 말도 할 필요 없는 착실한 아이들이었다. 하지만 지금까지도 내 기억 속에 남아 있는 아이들이 있다. 부모님과 사이가 좋지 않거나 일탈의 경계에 있었던 학생들이다.

선미도 그중 하나였다. 선미는 공부보다 친구를 좋아하는 아이였다. 선미 어머님께서는 꽤 큰 규모의 국숫집을 운영하고 계셨다. 수업하러 가면 깍두기며 김치며 밑반찬까지 어찌나 맛있던지, 과외가 끝나면 한 그릇 먹고 가라고 내어주셨던 국수는 정말 너무 맛있고 과분한 음식이었다.

하지만 부모님의 사랑과 관심에도, 선미는 친구들에게만 잘하는 아이로 자라있었다. 꿈도, 진로도 친구가 하자는 것을 따라서 정했다. 드센 친구들과 어울리기 위해 엄마, 아빠가 사주신 명품 옷, 가방 등을 친구에게 모두 '빌려'줬다. 그리고 그 친구들은 하나같이 '빌려' 간 물건을 돌려주지 않았다. 소위 '나쁜 남자' 성향이 있는 남자친구에게만 이 모든 상황을 털어놓고 전적으로 의지했다.

아무 문제가 없는 것처럼 보이지만 선미는 도움이 필요했다. 선미를 지도하는 동안 학업 성적을 올리는 것도 중요했다. 하지만 부모님과의 갈등을 없애고 자존감을 높여주기 위한 작전도 필요했다. 선미가 속마음을 털어놓을 사람이 되어주고 싶었다. 나는 책에서 읽은 구절을 이야기해 주기도 하고 자수성가한 이 시대의 유명인 이야기도 들려주었다. 필요한 상황에서는 이야기를 만들어 내기도 했다. 다행히 마음씨가 착한 선미는 과외선생님의 말을 정말 진지하게 경청해주었다.

"흑흑, 제가 지금 벌을 받는 모양이에요."

"돈 버느라, 목구멍이 포도청이라, 어렸을 때 선미와 함께 시간을 보내지 못했거든요."

하루는 선미 어머님께서 나를 붙잡고 우셨다. 가슴이 너무 아팠다. 어머님께서도 알고 계셨다. 선미가 방향을 잃고 친구들에게 휩쓸리는 모습을 볼 때마다 자책하셨던 모양이다. 아무리 타일러도 제자리로 오지 않고 헛바퀴 도는 딸, 모녀지간의 어긋난 모습을 마주할 때마다 그 원인을 자신에게 찾으셨을 것이다. 그간의 이야기를 들으며 나도 눈물이 툭툭 떨어졌다. 어머님 마음에 공감이 갔다. 어느샌가 선미를 친 동생처럼 생각하고 있었던 모양이었다.

"어머님, 제가 선미와 어머님의 연결고리가 되어볼게요."

나는 친언니처럼 선미가 변화할 수 있게 돕겠다고 약속드렸다. 나는 선미가 공부에 자신감이 생길 수 있도록 아주 쉬운 숙제를 내주었다. 성적이 조금이라도 오르면 선미가 좋아하는 영화관 데이트를 했다. 선미의 남자친구도 만났다. 평소라면 친구들과 어울릴 시간에 선미는 나와 함께 있었다. 나는 선미에게 나의 경험을 이야기해 주며 부모님의 서툰 사랑표현을 조금씩 이해시켰다.

진심이 통했던 것일까? 선미는 놀랍게도 서서히 변하기 시작했다. 부모님과의 갈등도 점차 줄었다. 그렇게 싫어하던 영어단어를 목표량을 정해놓고 외우면서 성적도 몰라보게 향상되었다. 부모님과의 오해를 풀고 자신을 사랑하는 마음이 생기자 교우 관계도 좋아졌다. 선미의 부모님께서는 징검다리가 되어준 나에게 무척 고마워하셨다.

수많은 눈물과 다툼의 세월을 지나 어렵사리 관계를 회복하게 된 두 모녀를 보며, 어린 시절 아이와 함께 보내는 시간이 얼마나 소중한지 미리 배울 수 있었다. 모든 것이 부모의 책임은 아니지만, 아이에게 좀 더 관심을 기울이고 함께 했다면 그렇게까지 힘든 사춘기를 보냈을까?

“우쿨렐레 선생님, 저 하은이 엄마입니다. 혹시 통화 괜찮으신가요?”

모르는 번호로 연락이 와서 보니 내가 수업 시간에 예뻐하는 학생 어머님이셨다. “집에서도 우쿨렐레를 치고 싶다”고 노래를 부르더니 엄마를 졸라서 우쿨렐레를 사달라고 한 모양이었다. 처음에 하은이 어머님께서는 당근 마켓에서 올라온 ‘파인애플 모양’의 작은 우쿨렐레를 가져다주셨다고 했다. 그날 저녁 하은이가 “이건 우쿨렐레가 아니야!” 하며 이 모양이 아니라고 울며 짜증을 내서 부랴부랴 악기를 문의하러 연락을 주신 것이다. 어머님께서는 그제야 우쿨렐레가 두 가지 모양, ‘파인애플 형’(파인애플 모양)과 ‘스탠다드 형’(허리가 볼록 들어간 모양)이 있다는 사실을 알게 되셨다고 했다.

알고 보니 하은이 어머님도 학교 선생님이셨다. 수업이 끝나고 혼자 집 근처 악기점에 갔는데 구입하지 못하고 되돌아오셨다고 했다. 우쿨렐레 색깔도, 가격도 천차만별이었기 때문이다. 그래서 시간이 될 때 함께 가주실 수 있는지 나에게 물어보셨다. 나는 흔쾌히 함께 가드리겠다고 했다. 무엇보다 하은이가 좋아하는 것에 대해 함께 관심을 두시는 어머님의 마음에 감동을 받았다.

드디어 하은이 마음에 쏙 드는 우쿨렐레를 샀다. 하은이는 폴짝폴짝 뛰며 기뻐했다. 당근마켓에서 산 ‘파인애플 우쿨렐레’는 다시 팔아버렸냐고? 아니다. 하은이 어머님께서는 딸이 좋아하는 것을 함께하며 공감대를 만들고 싶다고 하셨다. 그래서 파인애플 우쿨렐레는 엄마가 쓰기로 했다. 하은이는 학교에서, 어머님은 개인레슨으로 우쿨렐레를 배웠다. 집에서는 서로 반주와 멜로디를 맡아 합주를 한다. 아이가 원하는 노래를 함께 부르면서 유튜브 영상도 찍게 되었다. 가족 모임에서도 우쿨렐레 소리에 맞춰 온 가족이 노래를 부를 수 있었다. 온 가족이 함께하는 취미 생활이 생긴 셈이다.

세대가 다르지만 하은이 어머님은 하은이가 좋아하는 곡을 배워서 함께 연주하고 싶다고 하셨다. 요즘 학생들이 좋아하고 즐겨 부르는 노래를 가리지 않고 배우셨다. 음악이 세대를 연결해줄 수 있다는 것을 알고 계셨다. 요즘에는 엄마 세대에 불렸던 노래들이 리메이크되어 아이들이 좋아하게 되기도 한다. 김창완의 '너의 의미'가 리메이크되어 가수 아이유의 '너의 의미'로 다시 사랑받게 되었다. 이문세의 곡 '사랑은 늘 도망가'도 임영웅의 해석으로 다시 사랑받게 되었지 않은가?

내가 학교에서 만난 지석이도 그랬다. 우쿨렐레로 'You are my Sunshine'을 알려주던 날, 아빠 차에서 들어 본 영어 노래라며 유독 열심히 연습했다. 집에 형이 연주하던 우쿨렐레가 있다고 하는 지석이 말에 나는 악보를 챙겨주었다. 집에 가서 연습해보라고 했다. "엄마, 아빠 앞에서 불러드릴 거예요." 기특하게 말하는 지석이었다. 다음 수업 시간에 만난 지석이는 칭찬을 듬뿍 받아서 싱글벙글했다. 아빠하고 함께 불렀다고 하면서 나에게 동영상을 보여주었다. 영상 속에는 기타를 연주하는 아빠와 우쿨렐레를 치는 지석이의 모습이 함께 담겨있었다. 부자간의 연주를 촬영하며 흐뭇해했을 엄마의 미소가 그려졌다.

부모라면 누구나 아이들의 사춘기가 다가오는 것이 반갑지 않을 것이다. 오히려 두려울 수도 있다. 대화가 적어지기 전에 아이들과 함께 많은 시간을 보내놓으면 어떨까? 집콕 생활이 중요해진 이 시기를 기회로 생각하며 우리 아이와 함께 우쿨렐레를 배워보자.

"작은 악기 우쿨렐레와 함께, 노래와 웃음이 끊이지 않는 화목한 가족이 된다."

# 상실의 시간을 채워주다

"세상은 고통으로 가득하지만 한편 그것을 이겨내는 일로도 가득 차 있다."

헬렌 켈러

"우리는 우쿨렐레라도 있어서 다행인데, 다른 사람들은 얼마나 힘들까요?"

그룹 레슨을 받던 한 학생이 문득 이런 말을 꺼냈다. 그러자 나머지 사람들도 맞장구쳤다. 모두 안타까움이 가득한 목소리였다. 그렇다. 갑자기 덮친 코로나19는 우리의 평범한 일상을 빼앗아 갔다. 모든 것이 멈췄다. 마스크 없이 자유롭게 숨 쉬는 것이 이토록 소중한 일이었다니. 사랑하는 사람과 함께 영화를 보던 소소한 행복도 잃어버렸다. 집에서 지내는 시간이 길어지자 누구는 홈 카페를 만들었다. 어떤 이는 베란다를 캠핑장으로 꾸미고 아이와 집밥을 요리했다. 또 어떤 이는 반려견과 함께 일상 회복을 기다렸다. 모두 저마다의 방법으로 상실감을 채워나가고 있었다. 그나마 우리 곁에는 우쿨렐레가 있었다. 우쿨렐레는 무너져 내리는 마음을 다독여주고 상실의 시간을 채워주었다.

"이 악기가 제 속마음을 말하게 하네요."

사람들은 저마다 쉽게 꺼내지 못할 이야기들을 가슴속에 품은 채 살아가고 있었다. 나는 그 사람들과 만나 우쿨렐레를 연주한다. 우리의 얼굴 생김새가 모두 다르듯, 같은 멜로디를 연주해도 저마다 자신의 색깔이 묻어난다.

김 선생님은 독신주의자셨다. '코코'라는 이름의 반려견과 함께 살고 계셨다. 어느 날 11년 동안 애지중지 키운 '코코'가 강아지별로 떠났다. 이별에 대한 아무 준비도 없이 교통사고로 황망하게 떠나보낸 코코. 상상할 수 없는 슬픔이 덮쳤다. 이 세상 모든 반려동물은 인간보다 수명이 짧다. '코코'가 언젠가는 떠난다는 사실을 몰랐던 게 아니다. 지켜주지 못했다는 죄책감과 함께 밀려오는 펫로스의 슬픔이 생각보다 더 힘들어 보였다. 나는 선생님께 잔잔한 노래를 권하며 잠시나마 '코코' 생각에서 벗어나기를 바랐다.

그래서 어느 날은 코코를 위해, 어느 날은 자신을 위로하며 함께 우쿨렐레를 연주했다. 우쿨렐레를 연주하다 말고 눈물을 쏟으시던 날, '코코'와의 추억을 떠올리며 함께 이야기를 나누었다. 선생님의 아픔이 느껴져서 함께 우는 바람에 우리는 곽 티슈 한 통을 다 썼다. 선생님께서 우쿨렐레로 위로받았다고 고마움의 표현을 하셨다.

박 선생님은 아내를 잃으신 분이셨다. 엎친 데 덮친 격으로 군대를 막 제대한 아들이 암으로 세상을 떠나며 인생에서 가장 힘든 나날을 보내고 있었다. 누가 봐도 떳떳한 직장에, 말끔하게 차려입고 하루하루 살아가고는 있었지만, 삶의 의미를 잃어버리셨다. 박 선생님은 이 생에 더는 미련이 없다고 하실 만큼 깊은 상실감을 느끼고 계셨다.

직장에서는 더더욱 그런 내색을 할 수조차 없었다. 그분의 이야기를 알고 있는 몇몇 주위 사람들은 "그 사람, 슬픔으로 생을 마감했다 해도 이해가 되겠다"라고 할 정도였다. 그래서 아들이 취미로 연주하던 우쿨렐레를 잡았다. 우리가 만날 수 있었던 이유다. 이 작은 악기가 위로를 건넨다.

매사에 긍정적인 성격이셨던 황 선생님에게도 시린 겨울이 찾아왔다. 결혼한 지 얼마 되지 않아 남편을 떠나보냈다. 이 세상에 혼자 남겨졌다. 어떻게 나에게 이럴 수 있는 거냐고 신을 원망했다. 목이 다 쉴 때까지 울부짖고 떠난 이의 이름을 부르며 하염없이 길거리를 헤매고 돌아다녔다. 처음에 황 선생님께서 "나는 세상에서 제일 가여운 사람이에요"라고 하셨다.

겉모습은 언제나 밝은 모습이셨기에 미처 눈치채지 못했다. 속마음은 갈라지고 황폐해져서 어떤 생기도 찾아볼 수 없는 지경이었다. 그런데도 꽁꽁 얼어붙은 마음속 어딘가에 다시 봄을 기다리는 작은 씨앗들이 있음을 기억해야 한다. 그리고 우리는 다시 우쿨렐레를, 삶을 연주하기 시작한다.

함께 우쿨렐레를 치다 속마음을 이야기하며 아픔을 털어내는 분들을 자주 만난다. 좋아하시는 CCM 송을 알려드리고 있을 때였다. 우쿨렐레는 4번 줄을 High-G로 연주했을 때 그 특유의 밝은 음색이 매력이다. 하지만 기타가 가진 따뜻한 음색을 좋아하셔서 4번 줄을 Low-G로 바꿔 드렸다.

"평소에 이런 말 아무한테도 못 했는데..." 우쿨렐레를 연주하다가 문득 조심스럽게 이야기를 꺼낸다. 한 분 한 분 삶의 이야기를 들어 드리며 그 긴 겨울의 시간을 홀로 외로이 얼마나 힘드셨을까. 그저 우쿨렐레를 함께 연주하며 위로를 건네는 수밖에.

"우쿨렐레 덕분에 덤으로 사는 인생이다."

그대는 너무 힘든 일이 많았죠
새로움을 잃어버렸죠
그대 슬픈 얘기들 모두 그대여
그대 탓으로 훌훌 털어 버리고
지나간 것은 지나간 대로 그런 의미가 있죠
우리 다 함께 노래합시다
후회 없이 꿈을 꾸었다 말해요
새로운 꿈을 꾸겠다 말해요.

걱정말아요 그대 - 이적

우쿨렐레는 상실의 시간을 채우는 반려 악기이다. 작은 우쿨렐레를 품 안에 쏙 안고 연주하다 보면 마음이 따뜻해지는 것을 느낄 수 있다. 그리고 그 순간이 내가 우쿨렐레를 전하는 사람으로 가장 감동적인 순간이다. 잔잔한 멜로디와 네 줄의 울림, 그리고 희망의 가사가 마음을 위로해주고 치유해줄 수 있다는 사실에 보람을 느낀다.

우리는 판도라의 상자 속 마지막으로 남아 있었던 것이 희망이었다는 사실을 알고 있다. 상실감에 깊게 빠져있었던 지난날을 돌아본다. 걷잡을 수 없이 허우적거리며, 남은 건 절망뿐이라고 생각했다. 하지만 어딘가에 실낱같은 희망이 반드시 있었다. 우쿨렐레를 연주하면서 인생의 불씨를 살려낼 수 있다. 그저 우쿨렐레를 안고 투명한 네 줄을 울려보자. 당신 곁에 우쿨렐레를 둔다면, 평생토록 위로를 건네는 따뜻한 친구가 되어줄 것이다.

# 스트럼을 치니까 스트레스가 풀려요

"당신은 움츠리기보다 활짝 피어나도록 만들어진 존재입니다."

오프라 윈프리

"너희에게 누가 스트레스 주는지 선생님이 알아 맞춰볼까?"

새 학기가 되면 새로운 학생들과 우쿨렐레 수업을 시작한다. 나는 중학교에서 자유 학년제 우쿨렐레 강사로 주 1회 수업을 맡고 있다. 짧은 만남이지만 서로에게 의미 있는 시간이 되었으면 하고 바란다. 학생들과 빨리 친해지기 위해서는 개인별 특성을 잘 파악해야 한다. 그리고 학기가 마무리되면 그것을 바탕으로 생활기록부에 올라가는 '특기사항'도 써 주어야 한다. 그래서 간단한 미술 심리 상담을 한다.

나는 심리 상담을 배운 경험이 있어서 도형이나 간단한 그림으로 상담할 수 있는 자격증이 있다. 이렇게 하면 아이들과 빠른 라포르(친밀한 관계, 상호신뢰 관계를 뜻하는 심리학 용어) 형성이 가능하다. 빈 A4 용지에 어항과 가족 물고기 몇 마리를 그리는 간단한 그림으로도 아이들과 현재 상황과 나에게 스트레스 주는 사람 등을 가볍게 이야기할 수 있다.

"너는 아빠가 스트레스를 주는구나? 보수적이시니?"
"와! 쌤, 그걸 어떻게 알아요? 그게 어디 나와 있어요?"

"혹시, 곧 이사 가려고 하니?"
"헐? 저, 곧 이사 가요! 친구들한테도 아직 말 안 했는데 어떻게 아셨어요?"

학생의 반응에 다른 친구들이 더 놀란다. 갑자기 나더러 돗자리 깔라고 한다. 수업의 끝을 알리는 종이 울려도, 쉬는 시간이 다 가도록 자기 그림을 해석해달라며 아우성들이다. 학생들과 단기간에 친해질 수 있는 나만의 '치트키'인 셈이다. 사실 대단한 비결이 있는 것은 아니다. 아이들이 겪는 진로 고민, 교우 관계에 대한 고민, 학업 스트레스까지, 나 또한 겪었던 과정들이었으니까 말이다.

그러고 나서, 나의 학창 시절 이야기를 해주면서 학생들의 마음을 헤아려준다. 학업 스트레스가 상당했던 나의 진솔한 이야기. 듣고 싶어지는 "좌충우돌 라떼는 말이야"가 시작된다. 나의 스트레스 주범은 의외로 '선생님'이었다. 내가 음악을 전공하며 무시당한 사건들을 이야기해 주면 아이들의 눈이 휘둥그레진다.

"태어나서 한 번이라도 수학시험 100점 맞아본 사람?"

몇몇 아이들이 자신 있게 손을 번쩍 든다. 나도 내 생애 딱 한 번 수학시험 100점을 맞아 본 적이 있다. 그때 아빠께서 100점 맞아 온 수학 시험지를 코팅해주셨다. 우리 집안의 가보로 대대손손 남겨둬야지 마음먹었었는데 아쉽게도 잃어버렸다. 그렇게 중학교에서는 전교 석차 20등 안을 유지하던 내가 고등학교 들어가서부터 성적이 주르륵 떨어지기 시작했다. 크리스천이신 부모님께서 오죽 답답하셨으면 딸의 진로 문제로 철학관에 다녀오셨을까?

"이 아이는 올해부터 삼재(인간에게 9년 주기로 돌아온다는 3가지 재난) 시작이요."

고등학교 3년간 삼재라니, 믿거나 말거나! 그런데도 고1 첫 중간고사 성적은 나쁘지 않았다. 나는 학급 반장이었다. 책임감 때문인지 수업 시간 만큼은 절대 졸지 않고 수업을 잘 들었다.

우리 학교에서 인간 수면제로 유명한 어느 수학 선생님은 언제나 나와 둘이서 수업을 하셨다. 내가 고개를 끄덕이면 다음 진도를 나갔다. 내가 고개를 끄덕이지 않으면 무한 반복으로 몇 번이고 다시 반복해서 알려주실 정도로 친절하셨다. 그도 그럴 것이 깨어있는 학생들이 몇 명 없었다. 그날도 나는 '선생님 바라기' 학생이었다. 선생님께서는 기특해하시며 수업이 끝나고 교무실로 따라오라고 하셨다. 수학 참고서 두 권을 건네셨다.

"오늘도 유진이 덕분에 수업했다. 열공(열심히 공부) 해라!"

나는 하사품이라도 되는 양 수학 참고서를 품에 꼭 안고 교실로 돌아왔다. 그날 이후 더 열심히 수학 공부를 했다. 선생님의 관심 어린 칭찬을 듣고 일주일 동안 열심히 수학 문제만 풀었던 것 같다. 그런데 내가 음악교육과로 진로를 결정하게 된 이후, 사건이 시작되었다. 진로가 확실하게 정해지자, 지금까지는 다른 패턴으로 살아야 했다. 먼저 음악실에서 매일 1시간 이상 실기 연습을 했다. 성악 레슨을 받기 위해서는 야간 자율 학습도 빼야 했다. 레슨 장소가 학교에서 꽤 거리가 있는 곳이어서 일주일에 한 번은 야자를 빼져야만 했다. 이 사실을 알게 된 수학 선생님께서 갑자기 수업 시간에 이런 말씀을 하셨다.

"예술 하면 밥 먹고 사는 줄 아냐? 너희들은 수학도 못 하고 멍청해서 대학 못 가!"

그날 이후, 나는 수업 태도가 성실한 학생이 아니라 그저 예체능 학생이었다. 음악교육과 대학 입시를 지원할 때, 수능시험의 수리영역 점수는 하나도 반영되지 않는다. 실제로 나는 수능 날 수리영역 시험을 보지 않고 조용히 자습했다. 엄밀히 말하면 수학을 공부할 필요가 없었다. 몇몇 학생들은 조용히 영어단어를 외우거나 다른 공부를 하기도 했다. 그렇다고 내가 수학 시간에 딴짓한 것도 아니었다. 사람이 일순간에 바뀔 수는 없으니까. 그런데 일순간에 바뀐 사람은 내가 아니라 선생님이셨다. 예체능 학생으로 분류된 후로 선생님께서는 내 인사를 받아주지 않으셨다. 복도에서 마주칠 것 같은 상황이 오면 잘못한 것도 없는데 화장실로 들어가 숨는 지경에 이르렀다.

두 번째는 일본어 선생님이셨다. 교무실에서 야한 동영상을 보는 걸 들켰다는 둥, 정말 상상을 초월하는 소문이 돌던 사람이었다. 그리고 가만히 있는 우리에게 걸핏하면 시비를 걸었다. 나는 가급적이면 수업 시간에 눈에 띄지 않게 있으려고 했다.

"선생님, 저희 깡통 아니에요! 유진이는 예체능 해도 우리 반 영어 1 등이에요."

무시당하는 것이 도저히 참을 수 없어서였는지, 친구가 갑자기 이런 말을 뱉어버렸다. 나는 두 눈을 질끈 감았다. 말이 안 통하는 사람에게 그런 말을 한들 소용이 있을까? '아이고, 이게 일상인데 그냥 좀 참지, 이제 큰일 났다'라고 생각했던 찰나였다. "누구? 김유진이 누구야?" 갑작스러운 말대꾸에 순간 당황한 그 일본어 선생님은 친구에게 다가가 가느다란 매로 어깨며 등이며 팔이며 아무 데나 때리면서 말했다.

"누가 너보고 대답하래? 니가, 니가, 김유진이냐?"

용기 내서 그런 말을 한 친구가 고맙기도 하고 한편으론 미안했다. 쉬는 시간에 친구에게 가 보았다. 아까 아프지 않았냐고 그러기에 가만히 있지, 왜 내 편을 들어서 괜히 맞았냐고, 너무 속상했다고 말을 건넸다. 그때 그 친구가 이런 말을 했다.

"난 네가 자랑스러워, 우리 꼭 대학 잘 가자!"

일본어 기말시험이었다. 어차피 풀 수 있는 문제는 하나도 없었다. 선생님을 미워하는 마음으로 나는 정말 분노의 찍기 실력을 발휘했다. 결과는 '16점' 하마터면 다 틀릴 뻔했다는 생각이 들어 '멍' 했던 것도 잠시, '이왕 이렇게 된 거 아예 빵점을 맞아서 완전히 속 시원하게 반항을 해야 했는데, 너무 많이 맞아버렸네! 첫.' 이런 생각을 했다.

너무 열렬히(?) 반항한 나의 학창 시절 이야기 덕분에 학생들과 공감대 형성이 잘 되었나 보다. 여기저기서 박수 소리가 들려왔다. 그럴 때면 나는 쑥스러워 얼굴이 빨개졌다. 그리고 우쿨렐레 스트럼 소리가 학교 밖으로 더욱더 신나게 울려 퍼진다.

지난날을 돌이켜보니 나의 스트레스 주범들은 나에게 큰 교훈을 주었다.

"숫자로 사람을 판단하지 말자."

“누구에게나 자신만의 아름다움이 있다.”
“내가 하는 것만 옳고 다른 이들이 틀렸다고 섣불리 판단하지 말자.”

살아가는 동안 끊임없이 되새겨야 할 교훈을 주신 것이다. 이제 학생들과 함께 그동안 쌓인 스트레스를 풀어본다. 약속이나 한 듯 우리는 우쿨렐레 스트럼을 아주 스트레스 풀리도록 크고 세게 연주하기 시작한다. 4비트에서 8비트, 8비트에서 16비트까지!

“스트럼을 치니까 정말 스트레스가 풀려요!”

즐거워하는 아이들 모습에 나는 더 기뻤다. 그리고 그때는 하지 못했던 말대꾸를 이제야 해본다.

“저는 밥 잘 먹고 행복하게 잘살고 있습니다! 음악이, 이렇게 좋은 것이에요! 적어도 제 수업에 졸고 있는 학생들은 하나도 없거든요, 선생님! 하하.”

4장

하루 15분

우쿨렐레의 힘

# 우쿨렐레 배우기 하루 15분이면 충분하다

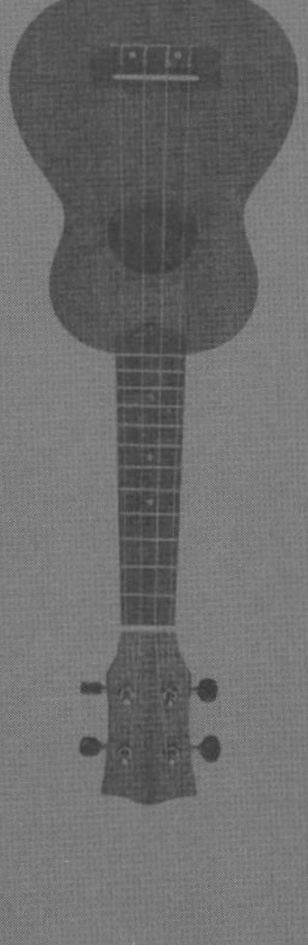

우리의 신념은 언제나 꺼지지 않는

등불 같은 존재여야 한다

그것은 우리에게 빛을 줄 뿐 아니라, 주위까지 밝게 비춰 준다

# 우쿨렐레, 누구나 시작할 수 있다

"인생이 살 만한 이유는 무언가에 대한 신념과 열정 때문이다."

올리버 웬들 홈스

코로나19로 수업도 줄어들고 슬슬 마음이 지쳐가던 때였다. 나주 00 초등학교에서 '하와이 음악 여행'을 주제로 '렉처 콘서트'를 해달라는 연락을 받았다. '렉처 콘서트'란 강의와 콘서트의 합성어로 책과 음악, 영상 등 예술과 인문학을 융합한 콘서트 프로그램을 말한다. 대면 수업이 어려워진 상황이었지만 특강을 할 수 있는 이유가 있었다. 이 학교는 전교생이 60여 명 남짓한 작은 학교였다. 초등학생의 집중력을 고려해서 특강은 50분 동안 진행하기로 했다.

수업에서 내가 알려주고 싶었던 첫 번째는 하와이의 악기 '우쿨렐레', 두 번째는 하와이의 춤 '훌라', 그리고 마지막으로 하와이의 노래 '멜레'였다. 이렇게 세 가지 세트 메뉴로 수업을 맛보게 구성하려면 분야별로 전문가가 필요했다. 그래서 세 명의 강사로 팀을 꾸렸다. 훌라 전문 강사님, 우쿨렐레 전문 강사님과 함께 라이브 공연으로 시작해서 춤과 악기를 배워보는 시간, 답답한 마스크를 벗어 던질 수는 없지만 경쾌한 하와이 선율로 기분을 업시켜보는 것이 목표였다. 아이들이 자연스럽게 하와이 음악의 느낌을 알 수 있기를 기대했다.

수업을 매끄럽게 진행하기 위해서는 가르치는 세 사람의 팀워크가 중요했다. 목소리 톤, 무대 매너, 의상까지 하나하나 챙겨가며 신경을 썼다. 오랜만에 하는 특강인 만큼 잘 해내고 싶었다. 강사님들과 온라인 줌으로 미팅을 하고 오프라인 모임에서는 연주곡을 연습하며 50분 수업을 매끄럽게 준비했다. 1학년부터 6학년까지 여섯 번의 수업을 쭉 이어서 진행하기로 되어있어서 체력소모에 미리 대비해야 했다.

첫 수업은 아침 9시에 시작되었다, 1학년 학생들이 담임 선생님을 따라 두 줄로 들어왔다. 그 모습이 마치 암탉을 따라가는 귀여운 아기 병아리들처럼 사랑스러웠다, 그 줄의 맨 끝에는 할머니 두 분이 함께 따라 들어오셨다.

학생들은 '하와이 문화 여행'이라고 커다랗게 붙은 플래카드와 파워포인트의 하와이 배경화면을 보며 "우와!" 탄성을 질렀다. 그런데 하와이에서 이제 막 도착한 것 같은 우리를 보며 더 신기해했다. 알록달록 꽃무늬 가득한 원피스와 꽃목걸이 그리고 머리에 꽃은 큰 머리핀까지 온통 하와이의 느낌 그대로 살리기 위해 의상과 액세서리가 화려했다. 특히 미모가 아름다운 훌라 선생님은 하와이 인형이라고 해도 믿을 정도로 분위기와 잘 어울렸다. 아이들은 반짝반짝 빛나는 눈빛으로 이것저것 살펴보고 있었다. 교장 선생님, 교감 선생님, 장학사님도 와계셨다.

"자, 그럼 지금부터 하와이로 음악 여행을 떠나볼까요?"

모두의 기대로 가득 찬 큰 박수와 환호성으로 수업이 시작되었다. 특강을 열며, 우리는 라이브 공연을 선보였다. 하와이의 민요 '조개잡이'의 멜로디가 익숙해서인지 손뼉을 치며 함께 호응해 주셨다. 그런데 나는 자꾸 할머님 두 분에게 자꾸 눈길이 갔다. 처음에는 손자, 손녀를 학교에 데려다주러 오신 할머니라고 생각했다. 그런데 수업이 시작한 지 한참이 되었는데도 교실 맨 뒤에 앉아 너무나 수업에 열중하고 계시는 것이었다. 호기심을 참지 못하고 나도 모르게 할머님들께 말을 걸었다.

"어째, 오늘 손주들이랑 같이 수업 들을 만하세요?"
"아, 이분들도 저희 반 1학년 학생이세요!"

갑작스러운 나의 인터뷰에 당황하신 어르신들을 대신해서 담임 선생님께서 대답해 주셨다. 나는 머리를 한 대 맞은 것 같았다. 알고 보니 초등학교 1학년 '만학도 어르신 학생'이셨던 거다. 할머님들께서는 "아따, 영판(아주) 재밌소!"라고 하시며 활짝 웃어주셨다. 그 모습에 벅찬 감동이 밀려왔다. 감사한 마음에 내 목에 걸려있던 하와이 꽃목걸이 '레이'를 선물로 목에 걸어드렸다.

"우덜이(우리들이) 이렇게 예쁜 꽃목걸이를 다 목에 걸어 보네잉."

교실을 떠나시는 두 만학도 어르신의 뒷모습을 보며 많은 생각이 스쳤다. '배우는 것에 끝이 없구나.', '마음만 먹고 일단 시작한다면 나이는 아무런 문제가 아니구나!' 그날 내 가슴에 남은 교훈이었다. 그런 분들에게 내가 알고 있는 지식을 나눠 드리는 것이, 음악의 아름다움을 느끼도록 돕는 것이 나에게도 얼마나 큰 보람인지...

오전 수업을 마무리하고, 오후 수업 준비를 위해 화장실에서 의상 매무새를 다듬고 있을 때였다. 조금 전 뵈었던 어르신 학생들이 여자 화장실로 걸어오는 목소리가 점점 가까이 들려왔다. 본의 아니게 대화를 듣게 된 나는 웃으며 말을 걸었다.

"어르신, 뭐가 제일 재미있으셨어요?"
"우쿠레라? 고것이 쪼만해도 소리가 좋더랑께."
"우덜도 이라고 같이 배우니까 즐겁제, 안 그라믄 집에서 하루 내 티비나 돌릴 것인디!"
"그라제, 학교 나와서 손주 뻘 되는 친구들이랑 같이 배우고 하믄

안 늙어, 집에 가만 있으믄 폭싹 늙어뿔 거여!"

알고 보니 두 분의 연세는 68세, 70세 셨다.

"우와 대단하세요, 어쩜 그렇게 배움에 열정이 있으신 거세요?"
그 말을 듣고 연세가 더 많으신 분이 "아따 남는 것이 시간인께 그러지라"하며 겸손의 말씀을 하셨다. 그러자 다른 어르신께서 "무시 그랴! 이 언니가, 말은 이렇게 해도 나보다 배우는데 더 열심이여"라고 하셨다.

여섯 시간 연속 수업을 하는데 시간이 어떻게 가는 줄 모를 정도로 보람찬 하루를 보냈다. 한 시간을 운전해 다시 집으로 돌아오는 길, 수십 년 뒤 나의 모습을 그려보았다. 흰머리가 가득 난 할머니가 되었을 때, 난 어떤 모습일까? 많은 시간이 흐른 그때에도 나는 우쿨렐레를 연주하고 있을 것 같다. 최신 유행하는 노래들을 손주들과 함께 노래하고, 가족 음악회를 열어 소소한 공연을 준비하고, 자동으로 '치매가 예방되겠네!'이런 생각에까지 이르니 피식 웃음이 나왔다.

당신도 지금부터 취미 삼아 우쿨렐레를 배워보면 어떨까? 이 작은 악기와 함께 당신의 삶이 더 풍요롭고 행복해질 것이다. 가벼운 우쿨렐레를 연주하면서 무거운 머리를 식히자. 우쿨렐레가 아니면 또 어떤가? 피아노 건반을 만지고, 하모니카를 불어보며 나에게 맞는 반려 악기를 찾아보자. 하루라도 젊은 날 평생을 함께 할 수 있는 악기 하나쯤 익혀두는 것이 얼마나 잘한 일인지 두고두고 느끼게 될 테니까. 나는 우쿨렐레를 반려 악기로 강추! (강력추천) 하지만 사실 어떤 악기든 문제없다. 끌림이 있는 악기를 반려 악기로 맞이하여 평생의 친구로 지내길 소망한다.

연세가 70이 다 되신 할머니들도 즐겁게 배우는 우쿨렐레, 당신도 시작할 수 있다!

# 그래서
# 어떤 우쿨렐레를
# 사야 하나요?

"우리의 신념은 언제나 꺼지지 않는 등불 같은 존재여야 한다. 그것은 우리에게 빛을 줄 뿐 아니라, 주위까지 밝게 비춰 준다."

마하트마 간디

"아이고, 선생님한테 물어보고 사지 그랬어."

한숨이 절로 나왔다. 레슨을 시작하기로 한 학생이 우쿨렐레를 '당근마켓'에서 사 왔다. 줄감개는 빡빡하고, 프렛 부분 마감도 거칠거칠했다. 그동안 관리가 잘 안 되었는지 넥이 휘어있어서 줄이 지판보다 지나치게 높았다. 지판을 누를 때 손끝에 전해질 찌릿한 고통은 상상만으로도 아려왔다. 나를 한숨 쉬게 한 것은 이뿐만이 아니었다.

우쿨렐레를 연주할 때 프렛을 쉽게 찾기 위해 '포지션 마크'가 표시되어 있다. 일반적으로 지판의 5번, 7번, 10번, 12번에 작고 하얀 동그라미로 표시되어 있다. 좀 더 친절한 우쿨렐레의 경우에는 악기를 연주할 때 내려다보이는 넥의 사이드에도 작게 표시한다. 그런데 사이드에 찍혀있는 포지션 마크는 무려 '네임펜' 자국으로 표시되어 있었다. 맙소사. 이쯤 되니 나는 뒷목을 잡을 수 밖에 없었다.

레슨생에게 차마 이 거래의 가격을 물어볼 엄두가 안 났다. 미안하지만 돈을 주고 살 가치도 없었다. 우쿨렐레가 이 지경이었으니, 전 주인도 이 악기와 도저히 친해질 수 없었을 것이다.

사실 나도 당근마켓 중독자다. 작아진 아이 옷 나눔을 많이 해서인지, 과하게 깎아 달라고 해도 "네, 네, 그러시죠"하고 쿨하게 거래해서인지, 매너 온도도 높다. 그런 내가 당근마켓에서 '우쿨렐레'를 검색할 때가 있다. 그러다 보니 판매 게시글만 읽어봐도 믿고 거를 수 있는 내공이 생겼다. 가끔은 찍어놓은 사진만 봐도 사랑을 많이 받아 관리가 잘 된 우쿨렐레인지, 아닌지 단번에 알아차릴 수 있다. 그래서 중고거래로 악기를 구입할 수도 있다고 생각한다.

'하, 그럼에도 불구하고 이건 정말 아니잖아!'

당분간 내 연습용 악기를 쓰라고 하며, 구입한 악기의 몇 가지 치명적인 단점을 비교해서 알려주었다. 소리도 비교해서 들려주었다. 새 악기의 가격을 듣고 레슨생은 "훨씬 비싼 줄 알았는데, 몇만 원 차이 안 나네요" 하며 속상해했다. 주머니 사정상 새 악기를 마련하기 어렵다면 중고로 구입할 수 있다. 그러나 중고도 중고 나름이다. 레슨생은 내게 상의조차 하지 않았던 것을 크게 후회하였다.

반려 악기로 '우쿨렐레'를 선택할 때 가장 먼저 생각해야 할 것은 상태가 '정상인가?' 하는 것이다. 처음 악기의 세팅이 정상이어야 한다. 현고가 너무 높아서 줄을 잡을 때마다 손가락이 필요 이상으로 아프거나, 높은 프렛으로 올라갈수록 음정이 지나치게 맞지 않은 경우도 있다.

언젠가 당근마켓에 자주 등장하는 저가 우쿨렐레들이 궁금해서 직접 검색해 보았다. 어느 인터넷 쇼핑몰로 연결되었는데 '원가 12만 원'의 악기를 '7만 원'에 파격 세일로 팔고 있었다. 이런 식으로 판매되는 우쿨렐레야말로 정말 구입하면 안 되는 악기이다. 중국 공장에서 몇천 대를 함께 찍어내서 만들어진 이 악기들의 실제 원가는 무엇을 상상하든 그 이하다. 헐값에 3만 원도 받기 어려운 악기를 높은 마진을 남기고 인터넷에서 판매하는 경우도 보았다.

게다가 AS를 받는 것도 불가능한 경우가 대부분이다. 충격적인 사실은 그 인터넷 쇼핑몰의 후기들은 악기에 대한 칭찬 일색이었다. "소리도 좋고 저렴하게 잘 샀어요"라는 긍정적인 후기 글로 넘쳐났다. 그런데 우쿨렐레 전문 브랜드가 아닌 경우에, 온라인으로 악기를 구입하는 것이 가장 안 좋은 방법이다.

"어, 내 악기 인터넷으로 산 건데, 지금까지 잘 쓰고 있는데?"

만약에 인터넷에서 저렴하게 구입한 악기가 아주 소리가 좋고 마감이 말끔하다면 진심으로 축하한다. 로또 당첨 확률 같은 엄청난

뽑기 '운'이니까 말이다. 하지만 소리가 좋고 나쁘고를 따지기 전에 악기의 세팅 자체가 문제인 것은 걸러야 한다. 슬픈 시행착오가 없길 바라며 되도록 우쿨렐레 전문매장에서 직접 소리를 들어보고 구입할 것을 권한다.

매장에는 우쿨렐레의 '고향' 하와이를 대표하는 명품 우쿨렐레도 만날 수 있다. 널리 알려진 세 개의 브랜드가 있다. 모두 'K'로 시작해서 '3K'라고 하는데, '카마카(Kamaka)', '카닐레아(Kanilea)', '코알로아(Koaloha)'다. 쉽게 생각해서 우쿨렐레계의 구찌, 루이비똥, 샤넬이라고 생각하면 된다. 이 우쿨렐레들은 한국으로 수입되어 들어오긴 하지만 가격이 상당히 고가이다. 수백만 원 하는 이 악기들은 우쿨렐레 전문매장에서 주로 만날 수 있다.

'나는 생각보다 참 까다로운 사람이었구나!'

내가 전문매장에서 우쿨렐레를 살 때 느낀 것이다. 악기의 가격이 언제나 악기의 소리와 비례한다고 말할 수는 없다. 하지만 나의 실력에 비해 귀가 급속도로 고급이 되었는지, 나 역시 20~50만 원 대의 우쿨렐레의 소리는 성에 차지 않았다. 그래서 여러 악기의 소리를 연주해보고 들어보았다. 마침내 한 악기가 눈에 들어왔다. 나는 그 악기를 받아서 왼손은 아는 코드 몇 가지를 누르고 오른손 엄지 손가락으로 천천히 한 줄씩 연주해보았다. 우쿨렐레를 이제 막 시작해서 또는 알고 있는 코드가 몇 개 안 되더라도 눈치 볼 거 없다. 직접 연주하며 내 악기를 골라 보자. 악기마다 따뜻한 소리가 나는

지, 가벼운 소리가 나는지, 울림이 큰지 작은지... 나와 마음이 맞는 악기를 찾아보는 것도 참 재미있으니 말이다.

이렇게 다양한 우쿨렐레를 구경할 수 있다는 이유 말고도 우쿨렐레 전문매장에서 악기를 사면 좋은 이유가 몇 가지 더 있다.

첫 번째, 우쿨렐레를 전문적으로 연구하고 제작해온 브랜드인지 알아볼 수 있다. 이것은 우쿨렐레에 대한 지식과 철학 없이, 아무 생각 없이 만든 악기를 사는 실수를 막아준다. 적어도 우쿨렐레를 전문으로 만들어본 경험이 있는 브랜드의 악기인지 역사를 살펴볼 필요가 있다.

두 번째로 고장이나 파손 시에 AS를 받을 수 있다. 인터넷으로 구입한 악기가 단순히 고장 났을 때 AS를 받지 못한다. 바디에 금이 가거나, 어딘가에 찍혀서 깨지거나, 줄이 끊어지거나, 브릿지가 망가지는 등 악기가 고장 났을 때 유상 수리가 가능하다.

세 번째, 좋은 악기를 고를 확률이 높다. 줄 서서 먹는 고깃집의 사장님은 신선한 고기를 날마다 채워놓을 것이다. 우쿨렐레 전문매장은 '회전율 좋은 맛집'이다. 나무로 만든 악기는 자칫 보관을 잘못하면 뒤틀리거나 변형이 올 수 있다. 악기점 창고에 오랫동안 보관하다가 오랜만에 빛을 보게 되는 악기를 고를 것인가? 나는 이러한 이유로 안전하게 우쿨렐레 전문매장에 방문하길 권한다. 가까운 매장을 직접 방문한다면 우쿨렐레를 구경하는 재미와 함께 좋은 우쿨렐레를 추천받을 수 있을 것이다.

# 조율이 핵심이다

"평화는 힘으로 유지되지 않는다. 그것은 오직 서로를 이해할 때만 가능하다."

아인슈타인

"여러분, 우쿨렐레는 여러분처럼 머리, 목, 몸통이 있어요."
"선생님, 그럼 우쿨렐레는 귀가 네 게네요?"

한 남학생의 말에 반 아이들이 모두 까르르 웃었다. 우쿨렐레 헤드(머리)에 있는 줄감개를 보며 '귀'라고 한 것이었다. 선생님보다 한술 더 뜬 표현에 나도 웃음이 났다. 그렇다. 우쿨렐레는 네 줄이기 때문에 줄감개도 네 개다. 4번 줄에서 1번 줄로, 위에서 아래로 네 줄을 차례로 울리면 '솔(G), 도(C), 미(E), 라(A)' 소리가 난다. 이렇게 왼손이 아무 프렛(지판 위의 가느다란 쇠 막대로 1 프렛마다 반음씩 음정이 변한다)도 누르지 않은 상태에서 연주되는 소리를

‘개방음’이라고 한다.

“조율은 음정을 맞추는 것이에요.”

우쿨렐레를 가볍게 안고, 오른손 엄지손가락으로 몸에서 가까운 줄부터 개방음 소리를 내본다. 개방음 소리를 낼 때는 4번 줄을 엄지손가락으로 지그시 눌러 엄지가 3번 줄에 기대게 한다. 이렇게 하면 더 깊고 울림이 있는 소리가 난다. 이 소리에 맞춰 우쿨렐레 4번 줄을 따라 연결되어있는 줄감개를 조금씩 돌려본다.

줄을 감거나 푸는 것에 익숙하지 않은 학생들은 두 바퀴씩 돌려보게 해서 어느 쪽으로 감으면 소리가 높아지고 어느 쪽으로 감았을 때 소리가 낮아지는지 직접 경험해 본다. 왼손 엄지손가락으로 줄을 감거나 풀어본다. 엄지손가락을 감는 방향에 따라 음이 높아지기도 하고 음이 낮아지기도 한다. 이때 장난으로 너무 많이 감게 되면 줄이 끊어지게 되니 유의해야 한다. 특히 1번 줄이 제일 얇으므로 조심한다.

학생들이 줄을 튕기며 조율기를 열심히 탐색할 때, 들려주는 이야기가 있다. 요즘은 어떠한 종류의 체벌도 용납되지 않지만, 나의 학창 시절 기억 속에 있는 장면이 있다. 반에서 숙제를 안 했거나 준비물을 챙겨오지 않은 친구에게 선생님이 다가가셨다. 그 친구는 슬금슬금 뒷걸음질 쳐보지만 결국 귀를 잡히고 말았다. 선생님께서는 엄지손가락으로 학생의 귀를 잡고 아주 높~이 들어 올리셨다.

"여러분, 이 친구의 목소리가 내려갔을까요, 올라갔을까요?"

아이들이 이구동성으로 정답을 맞힌다. 맞다. 귀가 떨어져 나가는 것 같은 고통을 참지 못하고 "으아아악!"하고 올라갔다. 그 이야기를 하며 설명을 한다. 줄감개를 잡고 있는 왼손 엄지손가락을 밀어올리면 줄의 소리도 올라간다. 반대로 줄감개의 엄지손가락을 내리면 줄이 풀리면서 소리도 내려간다. 학생들은 매시간 반복 학습하며 조율기와 친해진다.

초등학생 때, 난생처음 외국인 오케스트라의 내한 공연을 보게 되었다. 수십 명의 외국인 연주자들이 무대에 모두 자리할 때까지 나는 한참 동안 박수를 쳤다. 빨리 연주가 시작되면 좋겠는데, 이번에는 한참이나 제각각 빽빽거리는 소리를 내는 것이었다. 무대에 등장한 연주자들이 'A(라)' 음으로 함께 조율을 하고 나서야 연주가 시작된다는 사실을 미처 알지 못했다. 나는 기다림에 지쳐서 속으로 이렇게 흉을 봤다. '왜 준비도 되지 않은 상태로 나와서 저렇게 시끄럽게 빽빽거리며 음을 맞추는 거지? 무대에 올라오기 전에 대기실에서 맞췄어야지!'하고 말이다. 창피하지만 진짜 그렇게 생각했다.

오케스트라의 수많은 악기는 개방음이 다 다르다. 그래서 비교적 많이 겹치는 'A(라)' 음으로 조율하게 되어있다. 이 모습을 보고 누군가는 형식적으로 똑같은 음을 내보며 손을 푼다고 생각할 수도 있다. 하지만 "시작이 반이다"라는 말이 있듯이 조율은 아주 중요한 작업이다. 수십 명의 연주자가 가진 악기가 모두 제각각이라 조율을 하지 않으면 아름다운 소리로 모을 수 없다. 그 순간이 바로 연주자 한 사람 한 사람의 소리가 처음으로 모이는 '극적인 순간'이기 때문이다.

성악가는 '조율기'가 없다. 그래서 작은 충격이나 온도의 변화에도 악기가 영향을 받는다는 사실을 '우쿨렐레'를 배운 뒤에야 알게 되었다. 고가의 그랜드 피아노는 진동이 거의 없는 '무중력 운반차'를 이용해서 운반 시의 진동을 최소화한다. 자신이 항상 연주해온 피아노의 소리만 고집해서 비행기에 싣고 공연하러 다니는 유명한 피아니스트도 있다. 그러고 보면 연주자들이 악기의 상태에 목숨을 건다는 말이 이해가 된다. 연주를 하기 전, 악기가 완벽한 소리를 낼 준비가 되어있어야 연주자도 만족할 만한 공연을 할 수 있기 때문이 아닐까? 아무리 좋은 피아니스트라고 해도 조율이 안 된 피아노에서 연주하면 실제 기량을 보여줄 수 없다. '조율'이라는 첫 단추를 제대로 끼우지 않으면 아무 소용이 없는 것이다.

"선생님, 선생님 우쿨렐레는 카메라가 달려있어요."

이 학생은 내 우쿨렐레에 달린 조율기를 '카메라'로 생각하고 있었다. '튜너(Tuner)', '튜닝기', '조율기' 모두 같은 말로 쓰인다. '조율기'는 우쿨렐레의 정확한 음을 조율해주는 고마운 장비다. 연주를 하기 전에는 반드시 음을 조율해야 한다. 특히 새 악기나 현을 교체한 지 얼마 되지 않은 우쿨렐레는 줄이 잘 내려가고 음정이 자꾸 떨어지게 된다. 연습의 중간중간에도 악기의 현이 조금씩 내려가고 있으니 자주 확인해보며 음감을 익히면 좋다.

집게를 벌려서 우쿨렐레 헤드에 직접 부착하는 조율기가 가장 일반적이다. 이것을 '집게형 조율기'라고 한다. 최근에는 간편하게 앱(App) 스토어에서 '우쿨렐레 조율기'를 다운받아서 핸드폰으로도 조율이 가능해졌다. 하지만 가급적이면 악기 전용 '조율기'를 구입해서 조율하는 것을 추천한다.

먼저 조율기 집게를 벌려 우쿨렐레 헤드에 장착한다. 우쿨렐레 조율기의 전원 버튼을 누르면 화면이 켜지고 작동이 된다. 이 상태에서 이번에는 전원 버튼을 짧게 한 번씩 눌러본다. 그러면 알파벳이 C, B, V, U로 바뀐다. 'C'는 크로메틱, 'B' 베이스기타, 'V' 바이올린, 'U' 우쿨렐레이다(다양한 모드가 없는 조율기도 있다).

이제 네 줄의 각 음을 조율해보자. 엄지손가락을 여러 번 가볍게 튕기기보다 엄지를 깊게 눌러 튕긴 뒤에 다음 줄에 엄지를 안착시킨다. 그때 생기는 울림이 있는 소리로 우쿨렐레 네 줄의 각 음을 조율한다. 아무 음이나 초록색 불빛만 뜨면 되는 것이 아니다. 정확하게 G(솔), C(도), E(미), A(라)로 음에 불이 들어오고 화살표가 정중앙에 위치해야 한다.

올바른 음으로 조율되었는지가 중요하다. 눈금이 중간에 위치하고 초록 불빛이 떴는지만 확인할 것이 아니라 올바른 영어 알파벳이 뜨는지 보고 소리를 귀로 들어가며 확인한다. 조율기의 화면에 나오는 불빛이 흐려지면 배터리를 갈아야 할 때가 된 것이므로 평소에 조율을 하고 나면 전원 버튼이 잘 꺼졌는지 확인해야 한다.

내 학생 중에 소리가 내려갈 때마다 알아차리고 조율을 해달라고 하던 1학년 학생이 있었다. 첫 수업에 그 아이가 '절대음감'을 가졌다는 사실을 알아보았다. 서은이는 평소에 피아노학원을 다닌다고 했다. 기가 막힌 절대음감이었다. 소리가 조금만 내려가도 "선생님, 소리가 이상해요"하며 나를 불렀다. 조율을 하고 돌려주면 그제서야 편안하게 들린다고 했다. 이렇게 초등학교 1학년이지만 특별한 귀를 가진 친구도 있다.

"음악뿐만 아니라 우리의 삶에도 조율이 필요하다."

같은 '도' 음을 연주하는데 바이올린은 조금 높고 첼로는 조금 낮고 한다면 아주 듣기 싫은 소리가 날 것이다. 그래서 우리는 조율을 한다. 가장 기준이 되는 음, '라(A)' 음 (440Hz)에 맞추는 것이다. 진공상태가 아니기 때문에 음정은 조금씩 변한다. 그때마다 내 소리와 다른 사람의 소리를 귀 기울여 들어보고 조율해나간다.

아이들은 내 악기의 소리뿐만 아니라 상대의 소리에도 귀 기울여 보는 자세를 배울 수 있다. 친구와 다른 화음을 내었을 때 멈칫하고 내 손가락의 자리가 맞는지 살핀다. 이렇게 서로의 이야기에 더욱 귀 기울일수록 더 좋은 하모니가 연주된다.

우리의 삶 속에서도 나와 맞지 않은 사람을 많이 마주하게 된다.

그때마다 서로 조금씩 노력하며 조율해보자. 나의 작은 변화들이 모여서 더 나은 사회를 만든다. 이 작은 악기를 합주하면서도 공동체 정신을 배울 수 있다.

"서로의 음에 귀를 기울이며 조율해보자. 상대방과 소통하는 방법도 자연스럽게 알아갈 수 있다."

# 오른손은 한 손가락이면 충분하다

"설득하고 싶다면 이성적으로 말하지 말고
흥미롭게 말하라."

벤자민 프랭클린

조율을 마친 학생들은 우쿨렐레를 어서 연주하고 싶어서 안달이 났다. 아이들은 이제 막 번데기에서 나와 날아오를 준비를 마친 한 마리의 나비 같다. 너도나도 우쿨렐레 스트랩을 둘러매고 오른손을 모으더니 네 줄을 신나게 쓸어내렸다. "드릉, 드릉" 교실은 한바탕 아수라장이 되었다. 피식 터져 나오는 웃음을 꾹 참는다. 오른손 스트럼(우쿨렐레의 네 줄을 한 번에 내려치거나 올려치는 주법)을 아직 배우기 전이기 때문에 그렇게 연주하는 것이라 충분히 이해한다. 다만 학생들이 아직 모르고 있는 것이 있다. 오른손은 한 손가락이면 충분하다는 사실이다.

등을 의자에 바짝 붙여 바른 자세로 앉게 했다. 이제 본격적으로 연주할 차례다. 우쿨렐레의 헤드가 몸의 왼쪽에 위치하도록 편안하게 안아본다. 학생들은 스트랩이 있어서 편안한 자세를 유지할 수 있다. 이때, 오른손 손가락으로는 우쿨렐레 허리(넥과 바디의 오목한 아랫부분)를 잡아준다. 우쿨렐레의 뒷면이 몸과 밀착 하도록 오른팔 안쪽으로는 우쿨렐레 뒷부분(브릿지 부분)을 가볍게 눌러준다. 악기의 헤드 부분은 바닥과 수평이 아니라 약간 위(15도, 45도)를 향하게 세운다. 우쿨렐레가 처음일 경우 지판을 보기 위해 어린아이를 안 듯 눕히는 경우가 있다. 하지만 이것은 바른 자세가 아니다.

오늘 배울 코드는 딱 하나, 바로 'Am'다. 이 코드는 왼손 중지 손가락 하나, 오른손 검지손가락 하나면 충분하다. 먼저 오른손 엄지손가락으로 우쿨렐레 4번 줄부터 1번 줄까지 아래로 자연스럽게 쓸어내린다. 이렇게 네 번을 쓸어내리면 4비트라고 한다.

이번에는 오른손 검지손가락으로 우쿨렐레 줄의 4번 줄부터 1번 줄까지 아래로 쓸어내렸다가 위로 올려 본다. 검지손가락을 펴면서 아래로 쓸어내릴 때는 자연스럽게 되지만 반대로 검지를 구부려 올릴 때 줄의 저항을 받게 된다. 자세가 익숙해질 때까지 천천히 몇 번이고 연습해본다. 이때 손목의 스냅은 우리가 손을 씻고 난 다음에 물기를 탈탈 털 때의 가벼운 힘이면 된다.

"집에서 강아지나 고양이 키우는 사람?"

나는 아이들의 스트럼 자세를 하나하나 봐주며 교실 한 바퀴를 돌았다. 코드라고는 달랑 한 개를 알려주고선 뜬금없는 질문을 하는 선생님을 쳐다본다. 학생 세 명이 손을 번쩍 들었다. 두 명은 강아지를, 한 명은 고양이를 키운다고 한다. 요즘 반려동물을 키우는 집이 많아지면서 반에서 두세 명은 찾아볼 수 있다. 아이들은 눈치채지 못했겠지만 나는 오늘 배울 곡과 관련된 이야기를 계속 이어나간다.

우리 집 옆으로 사계절 꽃이 피는 산책로와 공원이 있다. 산책하기에 너무나 좋은 이곳에 사람들만 오는 것이 아니다. 꼬리를 살랑거리며 산책하는 귀여운 강아지들을 많이 만난다. 그래서 산책하러 나갈 때면 괜히 기대하게 된다. 그날도 산책을 하고 있었다. 참 이상하게도 산책로를 따라 걷는 30분 동안 강아지는 단 한 마리도 못 봤다. 아쉬운 마음을 뒤로하고 집으로 걸음을 옮기려는데 신발에 물컹한 무언가가 밟혔다.

"지우야, 선생님이 밟은 것은 무엇이었을까?"

강아지를 키운다는 지우에게 물어봤다. 지우가 눈썹을 찡긋하며 "쌤, 설마 강아지 똥이에요?" 하고 대답했다. 그렇다. 내가 밟은 것은 강아지 똥이었다. 발견한 즉시 신발을 땅바닥에 싹싹 비볐지만 이미 상황은 끝난 뒤였다. 강아지 똥은 운동화 바닥의 물결 모양 틈 사이를 야무지게 비집고 들어갔다. 아무리 씻어 봐도 구린 냄새가 계속 나는 바람에 결국 신발을 버리게 되었다.

내 이야기를 듣고 강아지 주인들은 자기들은 배변 봉투를 꼭 잘 챙겨서 산책을 나간다며 이구동성으로 얘기한다. 예쁜 강아지를 만날 들뜬 마음에 나갔다가 똥만 밟고 돌아온 그 날의 에피소드를 이야기 해주며 'Am' 코드를 다시 연주해본다. 이때까지도 아이들은 영문도 모른 채 코드를 연주한다. 나는 아이들의 우쿨렐레 반주에 맞춰 "똥 밟았네" 노래를 시작한다.

"똥 밟았네. 똥 밟았네. 똥 밟았네. 똥!"

여기저기서 웃음이 터져 나온다. 방금 배운 'Am' 코드 한 개로 노래를 끝까지 다 부르고 나자, 아이들은 스스로 박수를 친다. 자신들이 벌써 노래 한 곡을 다 연주할 수 있다는 사실에 신기하고 뿌듯해한다.

이제 막 우쿨렐레를 시작한 학생들은 '왼손 운지가 쉬운 코드'부터 배우게 된다. 코드를 몇 가지 연습한 다음 코드 반주에 맞춰 노래를 부른다. 나는 학생들에게 음악적으로도, 교육적으로도 의미있는 가사를 담은 노래를 알려주고 싶다. 게다가 손가락 운지도 쉬운 곡이어야 한다. 요즘 인기 많은 가요나 트로트, 랩 등 아이들이 즐겨 부르는 노래도 많다. 하지만 이왕이면 좋은 곡을 알려주고 싶어서 수업 시간에 부를 제재 곡을 선택할 때 가장 많이 고민한다.

내가 생각하는 좋은 곡이란 아이들에게 긍정적인 생각을 갖게 하는 노래이다. 가사의 의미가 밝고 희망적인 내용이면 좋겠다. 부모님의 사랑을 전하는 노래나 환경보호를 위한 노래도 좋다. 그런 곡을 우쿨렐레로 연주하며 쉽고 재미있게 수업하고 싶다. 동시에 재미도 놓칠 수 없는 일이다.

'똥 밟았네'라는 곡은 '포텐독'이라는 국내 애니메이션의 OST이다. 중독적인 멜로디와 코믹한 가사, 또 애니메이션 캐릭터들이 춤추는 K팝의 안무까지 담아낸 뮤직비디오 영상이 인기였다. 애니메이션 콘텐츠로는 유일하게 2021 유튜브 코리아가 발표한 인기 동영상 콘텐츠에 올랐다. 그래서 이 곡은 학생들 사이에서는 잘 알려진 곡이다. 각종 커버댄스와 패러디 영상 열풍을 불러왔다. 더욱이 동물권 특화 영화제 '애니말리스 패뷸라 필름 페스티벌(ANIMALIS FABULA Film Festival)'에서 '최고 애니메이션상'을 수상할 정도로 작품성도 인정받았다고 한다. 우쿨렐레를 연주할 때는 기타처럼 '피크(삼각형이나 물방울 모양의 작은 채)'를 사용하지 않는다. 내가 생각하기에 우쿨렐레에 있어서 '피크'는 한마디로 '투 머치'다. 나는 이것을 배스킨라빈스 작은 컵 아이스크림을 아빠 숟가락으로 떠먹는 것과 같다고 비유한다. 우쿨렐레의 본고장 '하와이'의 유명한 우쿨렐레 연주자들만 유심히 관찰해도 처음부터 스트럼을 연주하는데 기타 피크로 연주하는 사람은 없다. 우리도 검지 손톱을 조금만 길러보면 예쁜 스트럼 소리를 낼 수 있다.

내가 처음으로 초등학교 1학년 학생들에게 우쿨렐레를 가르쳤을 때는 손가락이 하도 아프다기에 피크를 나눠 줬다. 피크로 연주를 시작하자 우쿨렐레 고유의 맑은소리 대신 플라스틱 피크와 네 줄이 부딪히는 '소음'이 더 크게 나서 괴로웠다. 그런데 아이들은 피크 없이 손톱으로 연주하는 내 모습을 유심히 관찰하더니 금방 피크 없이도 잘 치게 되었다. 나의 지나친 걱정이었다.

그래서 이제는 처음 우쿨렐레를 지도할 때, 엄지손가락 하나만으로 다운 스트럼을 능숙하게 익히고 피크 없이도 검지손가락 하나만으로 스트럼을 할 수 있다는 마음을 심어준다. 처음 배우는 악기인데 아무 곳에도 불편함 없이 능숙하게 잘 치게 되길 바라는 것은 지나친 욕심이다. 아이들의 발전하는 모습을 확인하고 나서부터는 (피크를 꼭 원하는 한두 명의 학생은 제외하고) 내 수업 시간에도 피크를 서서히 멀리하게 되었다.

"여러분 우쿨렐레를 연주할 때 가장 아프게 치려면 어떻게 할까요?"

엉뚱한 나의 말에 아이들이 "하하하" 웃는다. 이렇게 배우기 쉬운 우쿨렐레조차 포기하게 만드는 손톱의 고통을 알려주려고 하는 말이다. 우쿨렐레를 정말 아프게 연주하고 싶다면 이렇게 치면 된다. 검지손가락의 가장 연한 살로 치면 된다. 그 부분만 집중적으로 공략하면 고통이 가장 크게 느껴져서 우쿨렐레를 포기하게 된다. 우리 손톱에 생채기가 생기는 바로 그 부분이다.

손톱은 영어로 '네일 바디(nail body)'라고 한다. 이 중에 손톱과 만나는 피부가 어디인지 살펴보자. 네일 바디의 옆 부분이 살이 만난다. 이곳은 네일 월(nail wall)이라고 한다. 손톱과 만나는 피부이기 때문에 굳은살이 쉽게 생길 수 있는 곳이다. 다음으로는 '큐티클(cuticle)' 부분이 있다. 큐티클은 손톱을 덮는 뿌리의 얇은 피부를 말한다. 손톱이 시작되는 그 부분이다. 네일샵에서 관리받을 때, 굳

은살을 잘라내고 매끄럽게 다듬는 그 부분 말이다. 큐티클에는 신경이 없지만, 손톱을 보호해 주는 역할을 한다. 세균의 침투를 막아주고 손톱을 보호해 주는 고마운 피부이다.

우쿨렐레 스트럼을 연습하면서 이 부분으로 잘못 연습하면 정말 아프다. 가장 안 아프게 치는 방법은 손톱의 끝과 손톱 등으로 치는 방법이다. 잘못하면 손톱과 이어지는 살갗이 들려서 벌어지면 꽤나 아프다. 이렇게 설명하고 나면 청개구리같이 이해하고 안 아픈 곳으로 연주하는 기특한 학생들이다.

우쿨렐레가 쉬운 악기이기 때문에 쉽게 가르칠 수 있어서 행복하다. 나의 경험과 함께 이야기를 들려주면서 매시간 즐겁게 수업한다. 오른손은 한 손가락이면 충분하다. 한 손가락으로 이렇게 재미있게 배울 수 있는 악기? 단언컨대, 전 세계에 '우쿨렐레' 하나뿐이다.

"자, 연주가 시작되었다. 검지손가락으로 흔들흔들 리듬을 느껴보자!"

# 네 가지 코드로
# 기초에서 고급까지

"교육은 그대의 머릿속에 씨앗을 심어주는 게 아니라 그대의 씨앗들이 자라나게 해준다."

칼릴 지브란

모교에 계신 교수님께서 후배들에게 우쿨렐레의 이론과 지도법에 대한 특강을 해달라고 하셨다. 해마다 특강의 기회를 주셔서, 모교에 갈 생각에 또 한 번 기분이 들떴다. 나는 그동안 우쿨렐레 강사로 활동하면서 초등학생부터 장년층까지 세대별로 다양한 사람들과 만났다. 어떻게 하면 이 악기를 음악 교육적으로 잘 활용해서 지도할 수 있을지 이번 특강으로 나누리라 다짐했다. 무엇보다 예비 음악 교사들에게 '우쿨렐레'를 알릴 기회가 있어서 행복하고 참 감사했다.

"선생님들이 학교 현장에 나가 바로 수업할 수 있을 만큼 쉽게 알려드릴게요!"

이렇게 자신 있게 말할 수 있는 까닭은 우쿨렐레가 쉽게 배울 수 있는 악기이기 때문이다. 예비 음악 교사들에게는 학교 현장에서 바로 써먹을 수 있는 실전 노하우가 필요했다. 그래서 그동안 내 경험을 토대로 학교 현장에서 아이들에게 인기 있었던 곡을 선별했다. 나에게 주어진 특강 시간은 80분, 오전과 오후로 시간을 나누어 30여 명의 선생님과 만나게 되었다. 물론 음악교육 전공자들이라 해도 오늘 처음 잡아보는 악기를 아주 수준급으로 연주할 수는 없다. 대신, 음악 이론적인 지식은 기본 바탕이 잘 되어있기 때문에 이해력이 뛰어났다.

"머니 코드라고 들어봤나요?"

'머니 코드'란? 돈을 많이 벌어다 주는 히트곡을 만들어주는 코드 진행이라고 해서 붙여진 별명이다. 청바지도 시대에 따라 유행하는 스타일이 변하듯이, 대중의 사랑을 받는 노래도 시대의 흐름에 따라 조금씩 달라진다. 그래서 머니 코드도 발전한다. 하지만 이 머니 코드의 패턴만 잘 알고 있다면 같은 코드의 진행으로 작곡된 여러 곡을 묶어서 배울 수 있다. 즉, 머니 코드의 패턴을 이해하면 한 가지 코드 진행으로도 여러 가지 곡을 배운 효과를 낼 수 있다는 말이다. 나는 코드에 대한 이해가 있는 음악 교육전공자들에게 이것을 알려주고 싶었다.

머니 코드의 대명사 격인 코드 진행으로는 'C(씨)-G(쥐)-Am(에이 마이너)-F(에프)' 진행도 있지만, 조금 유행이 지난 곡들이었다. 그래서 이번 특강에서는 'Dm(디 마이너)-G7(쥐 세븐)-CMaj7(씨 메이져 세븐)-Am(에이 마이너)' 네 개의 코드 진행을 소개했다.

"구구단을 외자! 구구단을 외자!"

어른이 된 지금이야 자동으로 외워지는 구구단이지만 누구나 처음에는 어려웠을 것이다. 나도 참 열심히 외웠던 기억이 있다. '구구단 표'가 화장실 벽에 붙어 있었고, '구구단 송'을 무한 반복으로 들었다. 가족 여행이라도 떠나는 날이면 구구단이 적힌 '책받침'을 들고 차에 탔을 정도였으니까 말이다. "구구단을 못 하면 수학을 못 한다"는 어른들 말에 모든 수단과 방법을 동원해 외운 것이다. 다 외우고 나니 자신감이 붙었다. 두 자릿수 곱하기, 두 자릿수도 어려운 문제가 아니었다. 시간이 좀 걸릴 뿐, 풀 수 있는 문제였다.

"코드는 구구단이다."

우쿨렐레를 칠 때도 구구단처럼 기본이 되는 것이 있다. 바로 '코드'이다. 손가락 끝이 기억할 정도로 익힌다면 정말 좋겠다. 하지만 구구단을 외웠던 것처럼 시간과 노력이 필요하다. 그래서 처음에는 코드표를 읽을 수 있어도 충분하다. 코드를 많이 만나 연습할수록 나의 재산이 되어준다.

‘Dm-G7-CMaj7-Am’ 네 개의 코드로 부를 수 있는 노래를 선별했다. 가수 10cm-사랑은 은하수다방에서, 장범준-꽃송이가, 볼빨간 사춘기-우주를 줄게, 마지막으로 ‘펠리스 나비다’라는 캐럴 곡까지 이 머니 코드 진행 하나면 부를 수 있다. 학생들에게도 배우고 싶어 하는 매력적인 곡이다.

“왜 저는 선생님처럼 깨끗한 소리가 안 나고 지저분하게 날까요?”

악기를 배우는 사람마다 좋은 소리에 대한 기대나 기준이 다르다. 새로운 악기를 배우고 있는 그 자체만으로 만족하는 사람이 있는가 하면 더 나아가 깔끔하게 소리를 내고 싶어 하는 사람도 있기 마련이다. 알려주기도 전에 이런 질문을 하는 사람이 있다니 기뻤다. 오늘 처음 우쿨렐레를 잡고 연주하는데 엄청 잘한다고 칭찬을 하면서 설명을 이어갔다.

“토슈즈를 신은 발레리나 모습을 상상해보세요. 도도한 발끝으로 꼿꼿하게 서 있지요?”

왼손 손가락 하나, 하나가 발레리나라고 생각하고 손가락을 꼿꼿하게 세우도록 했다. 지저분한 소리가 나는 까닭은 딱 두 가지다. 첫째, 손가락이 누르지 말아야 할 다른 줄을 살짝 눌렀을 때, 둘째, 눌러야 하는 줄이 잘 눌리지 않아서이다.

내가 가까이 가서 선생님의 손가락 모양을 교정해드렸다. “다른 줄을 눌러서 생긴 잡음이 없어져서 훨씬 깨끗한 소리가 나네요”라고 하며 그제야 만족한 모습이었다. 나중에 여쭤보니 그 선생님은 피아노 전공이라고 했다. 아마 평소 피아노를 칠 때도 스스로 연주의 기준을 높이 잡고 깨끗하고 맑은소리가 날 때까지 훈련해왔을 것이다. 그런 경험이 있다면 더더욱 좋은 소리를 내고 싶은 마음이 생기게 된다. 우쿨렐레를 연주할 때도 이런 ‘좋은’ 욕심이 꼭 필요하다.

머니 코드 네 가지로도 기초에서 고급까지 알려주었다. 손가락만 기억해도 돌림노래로 처음부터 끝까지 부를 수 있다. 처음에 4가지 코드의 생김새를 모두 익히는 동안, 오른손은 잠시 쉬어도 좋다. 먼저 왼손이 지판에서 헤매지 않고 순서를 기억해서 정확하게 이동해야 하는 것이 좋다.

첫 번째로 나오는 ‘Dm’ 코드는 왼손 손가락 세 개가 필요하다. 우쿨렐레에서 엄지손가락은 넥 뒷부분에서 이동하기만 하고 지판을 누르는 손가락이 아니다. 그렇기 때문에 왼손 검지손가락부터 1번, 가운뎃손가락이 2번, 약손가락은 3번, 새끼손가락이 4번 손가락이다. ‘Dm’ 코드에서 1번 손가락은 그대로 두고 2번(중지)과 3번(약지)만 간격을 벌리며 아래로 이동한다. 그러면 두 번째 ‘G7’ 코드가 된다. G7 코드를 만든 상태에서 3번(약지) 손가락만 남기고 1번과 2번 손가락은 살짝 뗀다. 그러면 맨 아래 1번 줄만 손가락 하나가 남게 된다. 이것이 세 번째 코드 ‘CMaj7’이다.

마지막 네 번째 코드는 'Am'이다. 2번(중지) 손가락을 길게 뻗어서 4번 줄의 2번 프렛을 누른다. 이렇게 코드 네 개의 모양만 익혀서 손가락이 다음 코드로 잘 넘어갈 수 있게 준비되면 끝이다. 다음 코드로 이동할 때 헤매게 되면 연주할 때, 순간적으로 '멈칫'하면서 곡의 흐름이 끊기게 된다. 노래방에서 다음 가사를 미리 알려주듯이 머릿속으로 다음에 나올 코드 손가락 움직임을 떠올리면서 미리 준비하면 부드럽게 연결해서 연주할 수 있다. 이것을 아래 코드표 그림으로 이해해보자.

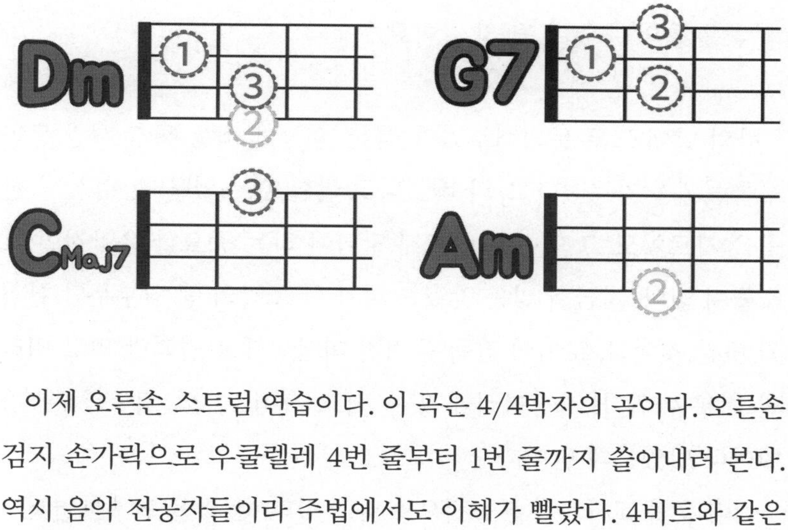


이제 오른손 스트럼 연습이다. 이 곡은 4/4박자의 곡이다. 오른손 검지 손가락으로 우쿨렐레 4번 줄부터 1번 줄까지 쓸어내려 본다. 역시 음악 전공자들이라 주법에서도 이해가 빨랐다. 4비트와 같은 네 박자 안에서 오른손을 좀 더 바쁘게 아래위로 움직이는 8비트와 16비트는 다운 업, 다운 업은 기본이었다.

그래서 고급 주법으로는 오른손 컷팅을 넣는 방법을 알려주었다. 컷팅이란 오른손으로 줄을 막음과 "동시에" 스트럼을 함으로써 타

악기 같은 소리를 내는 것을 말한다. 다운 스트럼을 연주하고 나서 줄을 막으면 순간적으로 소리는 사라지고 드럼처럼 타악기 같은 소리를 낼 수 있다. 이렇게 반주를 감칠맛 나게 해주는 조미료를 뿌리면 신나는 느낌이 살아난다. 어쩌면 필살기, 치트키만 족집게로 가르쳤는데도 후배 선생님들은 잘 따라왔다. 스스로 조금씩 성취감을 느끼며 재미있다고 이야기했다.

"오늘 여러분이 느낀 성취감과 자신감을 학생들이 느낀다면 어떨까요?"
"좋은 음악 수업이 될 것 같아요."

나의 말에 모두 동의해주었다. 물론, 이렇게 짧은 특강 시간 동안 우쿨렐레를 가르쳤다고, 다 배웠다고 말할 수는 없을 것이다. 단 한 곡을 가르쳐도 그 안에는 반드시 알아야 하는 중요한 음악적인 요소들이 있다. 지금 우리는 맛있는 피자 한 조각의 맨 윗부분만 한입씩 맛본 것이다. 토핑이 잔뜩 올려진 피자인데 한입씩만 먹고 버리면 너무 아깝다. 가장자리에 있는 치즈 크러스트와 고구마무스가 얼마나 맛있는데 말이다.

예비 음악 교사들은 본능적으로 알고 있다. 한 곡을 연주하면서도 그 곡을 통해 배울 수 있는 토핑들을 충분히 음미하며 맛보아야 우쿨렐레 실력이 쌓인다는 사실을 말이다. 이제 우쿨렐레 실력을 배불리기 위해 나머지 토핑을 골고루 맛보는 것은 예비 음악 교사들의 몫이다. 오늘 수업을 들은 많은 이들 가운데 누군가는 한 번이라도 더 우쿨렐레를 잡고 연주해볼 것이다. 나는 다만 우쿨렐레에 대한 좋은 첫인상으로 남았기를 바라며 특강을 마쳤다.

"선생님은 가르치면서 언제 가장 보람을 느끼세요?"라는 질문을 받았다. 나는 학생들의 아주 작은 변화 하나에도 굉장히 뿌듯한 마음이 든다. 하지만 수업이 끝날 무렵 마무리를 하며 악기를 정리하자고 할 때, "수업 벌써 끝났어요?" 하고 학생들이 자기도 모르게 말할 때, 그때가 가장 행복하다. 그 말은 시간이 가는 줄도 모르고 우쿨렐레를 쳤다는 말이기 때문이다. 이렇게 이야기를 들은 날에는 온종일 기분이 하늘을 날 것만 같다. 그래서 그것을 기준 삼아 내 수업을 명품으로 만들기 위해 노력한다.

그날도 강의실 문밖을 나서던 한 선생님이 목소리가 내 마음속에 따뜻하게 남았다.

"입학해서 지금까지 들은 강의 중에 제일 재미있고 유익한 특강이었어!"

# 있어 보이려면 강약을 살려서 쳐라

"인내심을 가져라. 처음부터 쉬운 일은 아무것도 없다."

사디

나에게는 세 살 터울의 남동생이 있다. 동생이 초등학교 1학년에 입학한 뒤 나와 등하교를 함께 하게 되었다. 하굣길에 작은 문구점이 하나 있었는데 그 문구점의 이름은 '보물창고'였다. 동생과 나는 하루도 빠짐없이 '보물창고'에 출석 도장을 찍었다. 당시에 일주일 용돈으로 천 원을 받았는데, 월요일에 모두 써버렸다. 나는 주로 형형색색의 불량식품을 골랐다. 남동생은 작은 박스처럼 생긴 게임기에서 쪼그려 앉아 게임을 하는 형들 주변을 서성이곤 했다. 난 게임에는 전혀 관심이 없었다. 차라리 달콤한 초콜릿을 사 먹는 게 훨씬 행복했다.

영화 '슈렉'에서 나오는 고양이 같은 눈망울로 애처롭게 나를 쳐다보는 남동생에게 결국 100원을 줬다. 동생은 곧장 게임기 앞으로 향했다. 지금껏 구경만 했었던 동생은 아주 에너지가 넘쳤다. 왼손으로는 조이스틱을 뽑을 듯이 강하게 몰아붙였다. 오른손은 “탁탁탁” 소리를 내며 빨간색과 초록색 버튼을 부서지라 두들겨댔다. 내가 작은 초콜릿 한 개를 다 녹여 먹지도 못했는데, 남동생은 K.O.를 당했다. 순간 동생의 표정을 살폈다. 울음이 터지기 일보 직전이었다. ‘어휴, 내가 세 살 누나니까!’ 나는 하는 수 없이 한 판 더 시켜줬다.

도대체 저런 게임이 뭐가 재미있을까? 100원을 넣고 내 캐릭터를 선택한 다음 에너지가 다 떨어져서 끝날 때까지 하는 게임이었다. 남자아이들은 불편한 자세로 쪼그려 앉아서 시간이 가는 줄 모르고 그 게임을 했다. 그 주변으로 관중들과 다음 차례를 기다리는 대기자들이 줄을 서 있곤 했다. 그때는 스트리트 파이터, 더 킹오브 파이터즈 같은 대전 게임이 최고 인기였다. 먼저 게임을 하고 있던 사람에게 다음 사람이 싸움을 걸어서 1:1로 승부를 겨루었다. 이긴 사람만 끝까지 남아 싸움을 계속할 수 있었다.

얼마 후, 어디서 많이 본 옷차림, 나는 눈을 의심했다. 분명 내 동생이었다. 내 동생이 군중 속에서 조이스틱을 흔들어대고 있었다. 그런 동생 옆으로 이른바 ‘한판 붙자’를 원하는 아이들이 줄을 섰다. 동생의 게임 실력이 순식간에 업그레이드된 것이었다. 내가 알던 모습이 아니었다. 동생의 손은 빠른 듯 빠르지 않은 듯 왼손에 쥔 조이스틱에는 힘을 줬다 풀었다 큰 힘을 들이지 않았다. 그리고 오른손은 아주 가볍고 경쾌하게 버튼을 긁어 댔다. 힘을 줘야 할 때와

빼야 하는 타이밍을 기가 막히게 알고 있는 것 같았다.

'이제 내 동생은 고수구나!'

너무도 놀라웠다. 갑자기 일취월장하게 된 게임 실력의 비밀이 뭘까 열심히 관찰했다. 예전에 비해 쓸모없는 움직임이 없었다. 손은 아주 가볍고 부드럽게 놀렸다. 오른손으로 버튼을 누르는 소리도 거의 들리지 않았다. 정말 필요한 힘만으로, 써야 할 때만 쓰는 것이 포인트였다. 남동생이 게임의 고수가 된 비결이었다. 그동안 숨죽이며 고수 형님들의 경기를 예리하게 관찰하고서 스스로 터득한 것이었다. 업그레이드된 남동생을 보면서 깨달은 것이 있다. '진정한 고수'란 불필요한 힘을 빼고 자유롭고 편안하게 몸을 움직일 수 있는 사람이라는 사실이다.

내가 우쿨렐레를 처음 시작했을 때, 그야말로 온몸에 힘을 가득 주고 스트럼을 쳤다. 그땐 모든 것이 '강'이었다. 그 시절 우쿨렐레를 연주하는 내 동영상을 지금은 차마 눈을 뜨고 봐줄 수가 없다. 그냥 이 작은 악기를 '후드려 패'는 느낌이었다. 왼손 손가락도 줄이 끊어져라 지판에 힘을 잔뜩 주었다. 스트럼을 치는 오른손은 말해 무엇하랴? 오른손 검지손가락에는 군기가 '빡!' 들어가 있었다. 심지어 스트럼을 할 때마다 위아래로 시계추가 진자운동을 하는 것처럼 크게, 크게 오른팔을 휘저어댔다. 마치 부서져라 조이스틱을 휘젓고 버튼을 "탁탁탁" 크게 눌러 대는 하수와 같았다.

아마도 잘하고 싶은 의욕이 지나치게 앞섰던 모양이다. 누구라도 처음엔 그렇게 하지 않았을까? 그런데 언제부턴가, 우쿨렐레를 잘 연주하는 고수가 되고 싶었다. 나도 필요할 때만 힘을 주고 물 흘러가듯 연주하고 싶었다. 우쿨렐레를 정말 잘 친다는 소리도 한 번쯤 들어보고 싶었다.

'먼저 한 곡만 파자!'

그래서 나는 내가 좋아하는 곡을 한 곡 죽어라 연습했다. 그 곡이 바로 자전거 탄 풍경의 '너에게 난 나에게 넌' 이다. 원곡의 기타반주와 같은 느낌을 우쿨렐레로 내고 싶었다. 처음에는 도저히 같은 빠르기가 나오지 않았다. 노래 속도를 바꿔주는 앱을 다운받아서 0.5배속으로 느리게 연습을 시작했다. 강하게 칠수록 힘이 더 들었고, 나중에는 힘이 빠져 속도도 느려질 수밖에 없었다. 결국, 그 한 곡을 완벽하게 마스터하고 싶은 마음에 '메트로놈'을 켜고 스트럼 박자를 천천히 연습했다.

오랜 연습 끝에 불필요한 힘이 빠지면서 스트럼의 강약 조절을 할 수 있었다. 드디어 생김치 같던 내 우쿨렐레 반주가 맛깔난 김치찌개로 재탄생한 것이다. 오랫동안 끓인 육수가 진한 국물맛을 우려낼 수 있듯이 한 곡을 진득하게 연습해야만 했다.

음악이 아름답게 들리려면 '노래하듯이' 연주해야 한다. '노래하듯이'가 어렵게 느껴진다면 처음에는 강약을 살려서 연주하면 된다. 스트럼에도 강약이 있다. 어떤 성악가가 노래를 부를 때, 처음부터 끝까지 마구 목소리를 내 지르기만 한다면 어떨까? 듣는 사람이 무척이나 괴로울 것이다. 클라이맥스로 가면서 힘을 줄 때 주고, 뺄 때 빼야 음악에도 생기가 돈다. 리듬의 강박은 약박 덕분에 더욱 빛이 난다. 또 약박은 강박이 있기 때문에 부드럽게 들리는 것이다.

음악 용어 중에 '아티큘레이션'이라는 단어가 있다. '아티큘레이션'이란 각 음을 분명하고, 정확하게 연주하는 지시를 뜻하는 단어이다. 보통 음악가들은 이런 아티큘레이션을 악보에 기보하여 연주자가 음악적인 표현을 하도록 알려준다. 즉, 곡에 대한 '음악적인 표현'이라고 생각하면 쉽다. 이음줄이나 붙임줄, 악센트, 스타카토, 쉼표 등 악보에 기재 된 여러 음악의 악상 기호들을 말하는 것이다.

우쿨렐레의 가벼운 코드들을 맛보기로 연주할 수 있다면 이제 내가 연주하고 싶은 곡들을 한 곡 골라서 연습해보자. 단, 단순하게 악보를 처음부터 끝까지 다 보고, 끝까지 쳐보고 "나 이제 이 곡 칠 줄 알아. 끝!" 하면서 책을 덮으면 안 된다. 악보를 보고 칠 수 있을 정도로 연습했다면 악보를 처음부터 끝까지 읽을 줄 아는 것이다. 그것보다 조금만 더 욕심을 내 보자. 목표를 살짝 높여서 다른 사람에게도 연주를 들려줄 수 있는 정도의 음악적인 표현이 나올 때까지 끈기 있게 연습해보자,

우리가 실제로 한 곡을 다 익혔다고 생각하지만, 음악적인 표현을 살리지 못하고 다음 곡을 배우게 되는 경우가 참 많다. 그 정도로 꼼꼼하게 한 곡을 연주하는 경우가 드물기 때문이다. 하지만 정말 실력이 고수로 나아가길 원한다면 노래 한 곡 안에서 배워 두어야 할 작은 표현까지도 살려서 연주해볼 필요가 있다. 한 권의 책만 완벽하게 보고 만점을 받았다고 하는 사람이 있듯이 말이다.

우리 인생도 늘 강박만 있을 수는 없다. 큰 목표를 성취하기 위해서는 무수히 많은 작은 계획들이 필요하다. 하는 일마다 다 잘 된다면 걱정할 것 없이 좋을 것이다. 하지만 삶은 의외로 변화무쌍한 박자를 만들어 낸다. 작은 성공도 있지만, 큰 시행착오도 있고, 또 고요한 쉼도 필요하다.

그렇다면 우쿨렐레 연주를 하면서 남은 하루는 힘 좀 빼고 보내보자! 나만의 아름다운 인생을 위해서, 행복한 삶을 이루기 위해서 소소하고 귀한 작은 행복을 자주 발견해보자. 없다면 그런 일을 찾아 나서자. 힘을 줄 때 주고 뺄 때 때는 완급 조절이 가능한 삶을 살자.

일상의 쉼으로 인생의 약박으로 우쿨렐레를 연주하면 어떨까? 맛있는 점심 식사 후 15분이면 충분하다. 산책도 좋다. 가벼운 우쿨렐레를 매고 벤치에 앉아 네 줄을 쓰다듬어보자. 마음이 맞는 사람들과 함께 쉬운 유튜브 영상을 틀어놓고 함께 연습해보자. 짧은 동요도 좋다. 여럿이 함께하다 보면 어느새 노래 한 곡을 부를 수 있게 된다. 직장 내 스트레스도 날려버리고 우울한 마음도 떨쳐낼 수 있다. 이것이야말로 슬기로운 직장생활 아니겠는가?

"있어 보이게 치고 싶은가? 먼저 리듬의 강약을 잘 살려서 표현해 보자."

# 함께하면 더 오래, 더 멀리 간다

"긍정적인 생각을 가진 사람들의 리스트를 만들어라. 그리고 그들과 교제하고 이야기하고 듣고 배워라. 그리하면 긍정적인 힘이 길러진다."

노만 V. 필

나는 전형적인 하체 부종형 체질이다. 요즘 말로 '하비(하체비만)'라고 한다. 맵고 짠 음식을 좋아해서 친구들과 떡볶이를 먹으러 자주 분식집에 갔다. 급식으로 국을 받으면 건더기는 빼고 국물은 언제나 원 샷! 나트륨 섭취가 많다 보니 그렇지 않아도 잘 붓는 다리가 더 튼실해졌다. 다리에 살이 많은 것 같다고 볼멘소리를 할 때마다 어른들께서는 하나같이 이렇게 말씀하셨다.

"나이 들고 나서는 다리가 튼튼해야 해. 건강하게 보이고 좋기만 하고만 뭘."

나는 이 말을 위안 삼았다. 내 옷장에는 다양한 색깔의 A라인 스커트들만 가득했다. 상체는 날씬한 편이니 좀 타이트하게 입고 하의로 A라인 스커트를 입어 나름대로 단점을 가렸다. 아무리 마음에 드는 바지가 있어도 다리에 맞게 바지를 고르면 허리가 너무 컸다. 수선비도 만만치 않으니 몇 번을 고민하다 사지 못하고 내려놓았다. 그런데 어느 날 가족 모임으로 만난 어떤 오빠가 한 이 말에 나는 큰 충격을 받았다.

"넌 평생 바지 입으면 안 되겠다. 완전 코끼리 다리네?"

너무 당황한 나는 대꾸할 말도 찾지 못하고 얼굴만 빨개졌다. 그 자리에는 내 또래 친구들도 함께 있었다. 갑작스러운 지적에 화도 나고, 너무 무안해서 그만 자리를 박차고 나와 버렸다. 내 삶에 '빡센 다이어트'의 첫 단추를 끼워준 것은 전적으로 그 사람 덕분이다. 그날 이후 분노의 식단조절 만으로 8kg을 뺐으니까 말이다.

그런데 임신을 하면서 여자 평균 키 160cm에 몸무게 50kg이었던 내가 80kg까지 쪘다. 게다가 내 몸 밖으로 아이가 나왔는데 아이 몸무게만큼도 빠지지 않다니! 납득할 수 없었지만 그게 현실이었다. '아, 이제 뚱뚱해진 이 몸으로 평생을 살아야 한단 말인가!' 나는 다시 한번 좌절했다.

"아이를 낳기만 하면 저절로 다 빠진다. 걱정하지 말고 많이 먹어라."

도대체 이렇게 말했던 사람이 누구였더라?! 왜 안 빠지는지 따져 묻고 싶었다. 무엇보다 절망적이었던 것은 몸무게 84kg이 나가는 남편과 수치상으로 별로 차이 나지 않다는 사실이었다. 이 사실에 충격을 받아 또 한 번 몸무게를 감량에 도전하게 되었다. 지난날의 기억을 되살려 나 홀로 다이어트를 계획했다. 가장 먼저 고구마와 닭가슴살을 샀다. 다이어트 일기장에 그날 먹은 음식의 칼로리를 따져 꼼꼼히 기록했다. 그리고 아이가 낮잠이 들기만 하면 바로 스테퍼(계단을 오르는 동작을 모방하여 만든 운동 기구)에 올라가서 땀을 뺐다.

그런데 이상했다. 내 나름대로 운동과 식이조절을 하고 있었지만, 효과는 지지부진이었다. 밤마다 야식의 유혹이 있었기 때문이다. 육퇴(육아 퇴근) 후에 남편과 함께 먹는 치킨과 맥주는 그야말로 꿀맛이었다. 물론 육아가 너무 힘들었던 날은 스테퍼에 올라갈 정신도 없었다. 그저 쉬고만 싶었다. 작심 3일의 연속이었다. 언제나 머릿속에서 천사와 악마가 떠나질 않고 싸워댔다.

'유진아, 딱 한 입만 먹어봐! 한입은 괜찮아.'
'미쳤어? 정신 차려! 이대로 계속 뚱뚱이로 살 거야?'

나는 늘 악마의 달콤한 말에 쉽게 무너져버렸다. 주중에 빼놓은 몸무게가 주말이면 도로 아미타불. 그래서 늘 제자리걸음이었던 거다. 왕년에 오기로 똘똘 뭉쳤던 내가 이렇게 의지박약이 되어버렸다니... 출산과 동시에 나의 의지력이 같이 나와 버린 건가? 절망하고 있을 때, 인터넷 창에 현란한 문구가 눈에 들어왔다. 이제 나는 한 달 만에 20kg을 순식간에 빼준다는 마법 같은 '다이어트 한약'을 결제하기 직전이었다.

내가 약을 먹어가면서까지 다이어트를 해야 하나 서글펐다. 그리고 혼자서 하는 다이어트가 너무 외로웠다. 마지막으로 나와 함께 다이어트를 할 동지들을 찾아보기로 했다. 누구든 나와 비슷한 고민을 하는 사람이 한 명이라도 있을 거라고 생각했다. 나는 엄마들이 육아의 고충을 공유하는 카페에 들어가 '출산 후 다이어트 고민'이라는 제목의 글을 작성했다.

구구절절 나의 힘든 상황을 적은 글 덕분이었을까? 아니면 다들 같은 고민을 하고 있었기 때문일까? 다이어트 카톡 방이 만들어지고 생면부지의 다섯 멤버들이 모였다. 방장이 된 나는 지켜야 할 규칙들을 공지사항으로 띄웠다. 매 끼니, 작은 간식까지 사진으로 인증하기, 하루 2L 물 마시기, 매주 월요일에는 공복 몸무게 인증하기 등이었다.

난 더 이상 외로운 다이어터가 아니었다. 우리 초보 맘들은 다이어트가 절실했다. 밥 먹을 시간도 없어서 밥을 후루룩 마셔대는 우리에게 헬스장에 가서 운동하는 것은 사치였다. 그날부터 우리는 물통을 몸에 착 붙이고 함께 물 2L를 마셔냈다. 탄수화물을 줄이려고 고구마, 단호박으로 바꿔 먹었더니 어느덧 몸무게 앞자리가 8에서 6이 되었다.

부화하기도 전인 '계란'부터 삶아 먹기 시작해서 닭가슴살, 치킨 샐러드, 닭고기 볶음밥, 로스트 치킨 구이까지... 단백질이 풍부하고 지방이 적은 계란과 닭가슴살로 안 만들어 먹은 요리가 없다. 그렇게 닭고기를 먹어댔다. 그런데 너무나 아이러니한 사실은, 그렇게 닭을 먹었으면 질릴 만도 한데, 치팅 데이가 되면 또 속절없이 기름에 바싹하게 튀긴 '치킨'이 먹고 싶은 거였다. 그렇게 우리들은 영원한 '닭들의 원수'가 되었다.

다음으로 '홈트 인증샷 보내기'를 추가 미션으로 정했다. 저마다 수유복에 헐렁한 요가 바지를 입고 아이가 잠들기만 하면 운동이 시작되었다. 춤을 좋아한다는 콩콩맘은 유튜브에서 칼로리 폭발 막춤 동영상을 따라 했다. 행복이맘은 아이와 유모차로 산책하면서 2만 보를 채웠다. 나는 매일 슬로우 버피 테스트 100개에 도전했다. 아기띠를 맨 채로 스쿼트를 한 적도 있다. 우리는 스스로 달성할 수 있는 작은 목표를 정했다. 의지가 잠시 무너져도 "그럴 수 있어! 다시 하면 돼!" 격려 해주는 다른 사람들의 응원으로 마침내 성취감을 맛볼 수 있었다. 전국 각지에 살며 얼굴 한번 보지 못한 사이였지만 '예쁜 내 모습 되찾기'라는 한 가지 목표를 위해 함께 했고, 한 명도 빠짐없이 목표 몸무게를 달성했다. 나도 15kg을 감량했다. 끈끈한 우정은 덤이었다.

"함께하면 더 멀리 갈 수 있다!"

다이어트를 함께하자 체중계 바늘이 움직였다. 80kg에서 50kg이 되었다. "무엇이든 함께 응원하며 즐겁게 했을 때 그 효과가 배가 된다"라는 사실을 깨달았다. 혼자서는 할 수 없던 것이, 서로에게 긍정에너지를 나누며 하루하루 습관을 들였더니 무려 30kg 감량에 성공한 것이었다.

아이 낳기 전 몸매로 돌아온 나를 보는 주변 사람들의 눈빛이 달라졌다. "세상에 담배 끊는 사람, 살 빼는 사람은 아주 지독한 사람이라고 상종하면 안 된다"라고 말하며 기분 좋은 손가락질을 받았다. 자신감을 되찾고 변화된 나의 모습에 주변 친구들이 비결을 물어보았다. 나는 '다이어트 카톡 방' 이야기를 하면서 친구들의 다이어트를 응원해 주었다.

"야, 너두 할 수 있어"(야나두 광고처럼).

우쿨렐레도 함께하면 효과가 더 좋다. 내가 우쿨렐레를 처음 시작할 무렵에 가입한 동호회가 있다. 동호회의 이름은 '우락부락'인데, 인터넷에서 '우쿨렐레 동호회'를 키워드로 검색해서 찾게 되었다. 처음엔 덩치 좋은 체육인들이 잔뜩 모여 있을 것만 같았다. 우락부락의 '락'자가 음악을 뜻하는 한자 '락(樂)'이라는 사실을 첫 오프라인 모임에 가서야 알게 되었다.

나는 이 동호회에 가입하고 온, 오프라인 모임을 통해 연주 실력을 쌓았다. 악기를 접하고 얼마 되지 않아 권태기를 겪거나 싫증을 내는 사람들을 수도 없이 만났다. 하지만 내가 그런 시기를 잘 피해 갈 수 있었던 것은 취미를 함께 나눈 사람들 덕분이다. 우쿨렐레 실력이 한참 부족했던 그 시절에 악기를 함께 골라주고, 코드 하나하나 연습을 도와준 동호회 사람들 말이다. 초보 시절 내가 어려운 코드를 잡게 되었을 때, 주법을 마스터했을 때, 나보다 더 기뻐해 준 친언니, 친오빠 같은 인연이다.

그래서 대전을 떠난 지금도 '우락부락'은 나에게 친정 같은 곳이다. 코로나가 없던 시절, 우리는 주말마다 모여서 함께 우쿨렐레를 연습했다. 그때는 걱정 없이 밥도 먹고, 차도 한잔할 수 있었다. 우쿨렐레를 둘러매고 회원들과 함께 소풍 가던 날이면 다시 대학생이 된 것 같은 기분이었다. 선배 언니들에게 육아의 고민을 털어놓고 우쿨렐레 합주로 마음을 달랬다. 막 세 살이 된 당찬이도 형, 누나들과 함께 풀밭에서 뛰어놀았다. 그렇게 함께 실력을 쌓았기에 대전시의 지원을 받은 '유림공원 국화축제', '유성 온천 축제' 등 큰 공연 무대에도 대전에서 생활했던 3년 동안 함께 설 수 있었다.

어느 초등학교에서 수업할 때였다. 담임선생님께서 아이들의 우쿨렐레 치는 모습을 흐뭇하게 바라보고 계셨다. 1~2학년 아이들은 옹기종기 모여 서로 알려주면서 연습을 하는 중이었다. 수업이 끝나고 담임선생님께서 아이들과 함께 우쿨렐레를 배우고 싶다고 하셨다. 나는 뒷자리에서 청강생으로 들으셔도 좋다고 했다.

그 선생님께서 아이들과 어울려 즐겁게 연주하시는 모습에 교무실에는 때아닌 우쿨렐레 바람이 불었다. 나비 효과처럼 우쿨렐레 치는 교사들의 모임이 생겼다. 선생님들께서는 이구동성으로 '우쿨렐레가 삶의 활력소'라고 하셨다. 연습이 있는 날이면 점심시간에도 빨리 밥을 먹고 수업 시종이 울리기 전까지 모여서 연주한다고 하셨다.

어느 날은 시간이 가는 줄 모르고 여교사 휴게실에 모여 "둥 당당

동당" 튕기다가 헐레벌떡 수업을 가셨다고 하신 말씀에 얼마나 웃었는지 모른다. 선생님들은 1년이 넘는 시간 동안 몰라볼 만큼 성장하셨다. 지금도 우쿨렐레에 여자아이 이름을 붙이고는 '내 딸'이라고 하실 정도로 행복한 '우쿨-라이프'에 흠뻑 빠져 계신다.

이처럼 나비의 작은 날갯짓에도 큰 변화의 물결이 생길 수 있다. 주변에 우쿨렐레 하는 사람이 있는가? 기꺼이 함께하자. 만약에 내 주위에는 그런 사람이 없다면, 나부터 시작하면 된다. 온라인이건 오프라인이건 취미를 함께 공유하는 사람들을 만나서 적극적으로 소통하기를 추천한다.

"우쿨렐레, 함께하면 더 오래 그리고 더 멀리 간다."

# 5장

# 내 서툰 연주가 당신에게 닿기를

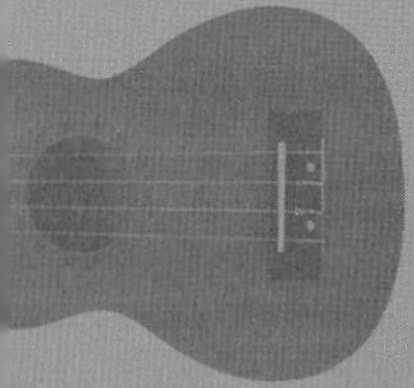

새로운 도전을 맞이하기에

너무 늦은 나이란 없다

# 경단녀지만
# 괜찮아

> "당신의 존재는 우연이 아니다. 특별한 재능을 받았으며, 사랑을 받으며 세상에 나왔다."
>
> 막스 루카도

스물넷에 결혼하고 스물일곱에 엄마가 된 나는 늘 조바심이 났다. 나는 애 엄마가 되었는데, 긴 시간 동안 선생님이 되기 위해 노량진에서 공부했던 친구들의 합격 소식이 들려왔다. 이미 취직한 후배들도 승승장구하고 있었다. 모두 삶을 펼치며 열심히 앞으로 나아갔다. 그러니 잠시 멈춰있는 나는 뒤처지고 잊히겠다고 생각했다. 나의 하루는 온종일 애 보고 밥하고 빨래하고 설거지를 마치고 나면 '순삭(순간삭제)' 되었으니 말이다.

아침 일찍 일어난 아이가 울면서 나를 찾으면 순간 짜증이 확 났다. 못 들은 척 계속 자는 남편도 그렇게 얄미울 수 없었다. '당찬아, 어제 잠도 늦게 잤으면서 꼭두새벽부터 울면서 일어났니?' 이런 원망 섞인 생각이 들었다. 차라리 내가 먼저 일어나기로 마음먹었다. 새벽 4시에 내 시간을 보내다가 6시쯤 아이가 깨면 그때부터 아이와 책을 읽으며 놀아주었다. 아이러니하게도 아이가 만들어준 미라클 모닝이다.

'아, 한 것도 없는데 오늘이 다 갔네!'

잠들기 전에 나의 하루를 가만히 되돌아봤다. 그야말로 '한 것 없이 바빴던 하루'였다. 오늘도 온종일 집안일을 했다. 초보 엄마 시절. 나 스스로 육아와 가사노동의 가치를 평가절하했다. 서른이 되면 뭐라도 되어있을 줄 알았는데, 이렇게 '당찬이 엄마로만 살다가 당찬이 엄마로 죽게 되겠지'라는 생각이 들었다. 참 서글펐다.

아이가 5살 무렵, 하원을 시키려고 어린이집에 갔다. 담임선생님께서 배웅해주시며 오늘 있었던 이야기를 들려주셨다. 오늘 수업 시간에 간호사, 경찰, 교사 등 여러 가지 직업에 대해 알아보았다고 했다. 그러다가 부모님의 직업을 이야기 나누던 중에 당찬이가 손을 번쩍 들고 이렇게 말했단다.

"우리 엄마는요. 밥하는 사람이에요!"
"당찬이가 정말 씩씩하게 발표를 잘해주었어요."

분명히 선생님은 큰소리로 야무지게 대답한 아들을 칭찬하고 계셨다. 또박또박 자신 있게 대답하는 모습이 기특해서 잊지 않고 어머님께 꼭 말해주고 싶었다고 덧붙이기까지 하셨으니 말이다. 하지만, 그 순간에 나는 굳어지는 표정을 감출 수가 없었다. 나는 애써 미소로 대답하며 아이 손을 잡고 도망치듯 빠져나왔다.

집으로 돌아오는 차 안에서 나는 아무 말 없이 운전만 했다. 차 안에 무의식적으로 틀어놓은 동요가 마음을 더 심란하게 했다. 엄마가 평소와는 다르다는 사실을 알 턱이 없는 아들이 카시트에 앉아 흥얼흥얼 동요를 따라 불렀다. 내 머릿속에는 '밥하는 사람'이라는 단어가 맴돌아서 한참이나 넋을 놓고 있는데 말이다. 주차장에 도착해서도 초점 없는 눈으로 핸들만 멍하니 바라보고 있었다. "엄마?" 당찬이가 부르는 목소리가 들렸다. 평소에 아이에게 화를 내지 않는 엄마였지만, 서운한 감정과 마음속 깊은 곳에 숨겨두었던 '자격지심'이 고개를 들었다. 나는 차오르는 눈물을 감추지 못하고 결국 폭발하고 말았다.

"당찬아, 엄마가 왜 밥하는 사람이야? 엄마는 책도 읽어주고 노래도 불러주잖아. 왜 하필 밥하는 사람이야?"

울먹이는 나의 목소리에 아이는 깜짝 놀라 토끼 눈을 하고 있었다. 주룩주룩 눈물이 흘렀다. 모든 것이 내가 우려했던 일이었다. '영영 내 이름으로 불리지 못하면 어쩌지?' 늘 마음 졸였다. '나'를 없애지 않으려고 예전 근무지의 명함도 버리지 못한 채 화장대 깊숙이 잘 숨겨둔 나였다. 그동안 애써 아닌 척 지냈었는데 그 마음을 들켜버렸다. '경단녀(경력단절 여성)'이라는 딱지가 붙은 채 평생 누군가의 아내, 엄마로만 불리며 살긴 싫었다. 그러니 가슴 저 밑바닥에서부터 북받쳐 올라오는 울음을 도저히 주체할 수가 없었다.

"엄마는 나 낳고 뭐 했어?"

"하긴 뭘 해! 너 하나 키우느라고 아무것도 못 했지."

변화가 절실했다. 이대로 살다가는 후회와 원망의 화살을 아이에게 다 돌리게 될 것만 같았다. 혹시라도 아이가 커서 그 시절 '나'에 관해 물어보면 저렇게 대답하는 엄마가 되지 않길 바랐다. 무슨 수를 써서라도 내 몫의 삶을 되찾아야 한다고 생각했다.

'어차피 육아해야 하는 지금을 어떻게 내가 성장하는 골든타임으로 만들 수 있을까?'

그때부터였다. 고요하지만 아주 뜨겁게 활활 타오르게 된 것이. 이 위기를 더 악착같이 붙잡아 기회의 불씨로 만들어야 했다. 단돈 10원을 벌어도 내 손으로 벌었다는 그 기쁨과 보람을 맛보고 싶었다. 하지만 '당장 아무 곳에나 재취업해서 돈을 벌까?'라는 생각을 한 것이 아니다. 오랜 시간 지켜본 나는 '내 가치를 발견하며 살아가는 기쁨'을 가장 중요하게 생각하는 사람이었다.

빈 노트에 엄마의 시간표를 다시 짰다. 아이를 어린이집에 보내고 난 오전 9시부터 오후 2시, 그 시간에만 자기 계발과 경제활동을 할 수 있었다. 아이가 돌아올 때까지의 하루 5시간을 꽉 채워 나를 위한 시간으로 썼다. 근처 도서관에서 책을 빌려 읽었다. 한때 나의 무기였던 영어를 놓지 않으려고 회화학원을 등록해서 다녔다. 'EBS' 온라인 강의로 초급 중국어를 배웠다. 부담스러운 응시료 덕분에 토익 스피킹은 단번에 레벨 7을 받았다. 무엇이든 도전했고 나에게 도움이 될 만한 것은 이 시기에 모두 경험해서 배워 두자고 다짐했다. 어린이집 선생님들께서 아이를 돌봐주시는 것에 감사할 따름이었다.

새로운 배움에 도전하며 진정으로 내가 좋아하는 것이 무엇인지 알아갔다. 드디어 내 인생에도 새길이 났다. 양옆으로 코스모스가 가득 핀 꽃길은 아니었다. 쭉쭉 뻗은 고속도로도 아니었다. 돌부리 가득하고 흙먼지 폴폴 날리는 길이었지만 내가 만든 길이라 걸어 봄 직했다.

'경단녀지만 괜찮아. 지금부터 시작이야!'

'우쿨렐레'로 많은 학생을 만났다. 이 악기를 들고 공연 무대에 섰다. 기회는 또 다른 기회와 닿아서 음악회 사회를 보는 기회도 생겼다. 점점 내가 설 자리가 다양해졌다. 나도 할 수 있다는 자신감이 생겼다. 우쿨렐레 교육을 하며 프리랜서로 지내는 지금이 너무나 행복하다. 진심으로 내가 하고 싶은 일을 하고 살아가는 지금, 이 순간!

산다는 건 신비한 축복 분명한 이유가 있어
세상엔 필요 없는 사람은 없어 모두
마음을 열어요
그리고 마주 봐요
처음 태어난 이 별에서
사는 우리 손 잡아요

바람이 부네요 - 이소라

# 내 아이를 위한 작은 콘서트

"행복은 우리 자신에게 달려있다."

아리스토텔레스

2016년 4월, 아들이 첫 생일을 맞았다. 하나뿐인 손주의 첫 돌을 축하하기 위해 양가 부모님께서 대전으로 오셨다. 가족끼리 소규모 모임을 할 수 있도록 방이 구분된 한정식 식당을 예약했다. 아이의 돌상을 한쪽에 차려놓고 돌잡이 용품도 준비 완료였다. 날이 날인만큼 다른 엄마들 같으면 아이 돌잡이나 돌잔치 의상에 신경을 많이 썼을지도 모른다. 나를 설레게 하는 것은 따로 있었다. 처음으로 맞이하는 아이 생일, 우쿨렐레 반주에 생일 축하 노래를 부르는 모습을 동영상으로 만들 생각에 들떴다. 내가 우쿨렐레를 연주했고, 그날 우리 집 대장님은 온 가족의 떼창 '생일 축하 노래'를 선물 받았다.

생일 축하 합니다!
생일 축하 합니다!
사랑하는 당찬이
생일 축하 합니다!

아이가 세 살 되던 해 12월, 이제는 제법 의사소통이 되는 아이와 함께 처음으로 크리스마스트리를 꾸몄다. 다섯 평 남짓 되는 작은 거실에는 아이 키보다 더 큰 100센티미터 크리스마스트리가 우뚝 솟아 있었다. 아이는 트리 주변을 빙글빙글 돌며 "꺄꺄~" 기쁨에 찬 탄성을 질렀다. 남편과 나는 아들에게 산타클로스 할아버지가 양말에 선물을 넣어준다고 이야기해 주었다. 갑자기 아들이 자기 방으로 가더니 본인의 전 재산인 '양말 아홉 켤레'를 모두를 꺼내왔다. 그리고는 한 짝씩 크리스마스트리 사이사이에 소중히 끼워 달고 있는 것이었다!

"이건 크리스마스트리가 아니라 양말 트리인걸?"

아들의 모습에 우리 부부는 서로 바라보며 깔깔 웃었다. 트리를 모두 꾸미고 반짝이는 전구까지 스위치 온! 오늘 같은 날, 캐럴이 빠질 수 없지. 엄마는 우쿨렐레를 꺼내 들었다. 아이에게 '루돌프 사슴코' 캐럴을 불러주었다. 반주에 컷팅 스트럼을 곁들여 제법 그럴싸하게 연주했다. 아이는 손뼉을 치며 따라불렀다. 그리고 자기도 해

보겠다고 우쿨렐레를 빼어갔다. 작은 손가락으로 드르렁드르렁 엄마가 하는 대로 모양새를 흉내 냈다. 그 모습이 참 사랑스러웠다. 하지만 그 후 한동안 엄마는 우쿨렐레를 연주할 수 없었다.

"엄마, 우쿨렐레 하지 마, 같이 놀아요!"

다섯 살 된 아들은 이렇게 말하며 내가 우쿨렐레를 연주할 때마다 우쿨렐레 헤드에 줄감개를 거침없이 돌려버렸다. 제멋대로 돌아가 버린 음정이 제대로 소리 낼 리 없었다. 연주 자체가 불가능했다. 아들은 우쿨렐레가 엄마와 자신의 놀이시간을 방해한다고 생각하는 듯, 엄마가 우쿨렐레만 꺼내 들었다 하면 째려보기 일쑤였다. 하지만 그런 아들에게도 놀라운 변화가 찾아왔다. 처음 문어의 꿈이라는 노래를 들려준 날이었다.

나는 문어 꿈을 꾸는 문어
꿈속에서는 무엇이든지 될 수 있어
나는 문어 잠을 자는 문어
잠에 드는 순간 여행이 시작되는 거야
높은 산에 올라가면 나는 초록색 문어
장미꽃밭 숨어들면 나는 빨간색 문어
횡단보도 건너가면 나는 줄무늬 문어
밤하늘을 날아가면 나는

오색찬란한 문어가 되는 거야~

아들은 자꾸만 이 곡을 연주해달라고 하며 반주에 맞춰 노래를 불렀다. 그날 이후, 초등학교 수업을 위해 준비하는 곡마다 아들에게 선을 보였다. 그 덕분에 우리 모자는 수많은 동요를 연주하며 함께 노래했다. 아들이 우쿨렐레를 연주하겠다고 한 적은 지금까지 단 한 번도 없다. 다만 엄마가 부르는 동요를 들으며 함께 노래해 주었을 뿐이다. 나는 그것만으로도 아이와 함께할 수 있는 시간이 생기고 좋은 동요를 알려줄 수 있다는 사실이 기쁘다. 이 시기가 아니면, 아들이 좀 더 자라서 '이제 엄마와 안 놀아 준다'고 할지 모른다. 아들의 어린 시절 목소리를 마음껏 들을 수 있는 순간을 놓치고 싶지 않다. 7살 된 아들의 원픽은 바로 이 곡이었다.

넌 할 수 있어! 라고 말해 주세요
그럼 우리는 무엇이든 할 수 있지요
짜증 나고 (짜증 나고) 힘든 일도 (힘든 일도)
신나게 할 수 있는
꿈이 크고 고운 마음이 자라는
따뜻한 말, 넌 할 수 있어!
큰 꿈이 열리는 나무가 될래요
더없이 소중한 꿈을 이룰 거예요

넌 할 수 있어!"

작년 겨울, 우쿨렐레 레슨을 받고 싶다며 나를 찾아온 한 사장님이 계셨다. 나는 사장님께 특별히 배우고 싶은 곡이나 좋아하는 노래가 있으신지 여쭈었다, 사장님은 잠시 머뭇거리셨다. 그리고 조금 떨리는 목소리로 '크리스마스 캐럴'을 배우고 싶다고 하셨다. 크리스마스까지는 일주일도 채 남지 않은 상황이었다.

"병원에 있는 아들을 위해 캐럴을 선물하고 싶어요."

몸이 아픈 아들을 위해 이번 크리스마스에 꼭 캐럴을 연주해주고 싶은데, 너무 늦은 게 아닌가 걱정하고 계셨다. 그토록 밝은 사장님의 표정 뒤에 감춰진 슬픔을 그렇게 알게 되었다. 아픈 아들을 걱정하는 마음과 아내와 떨어져 지내야 하는 외로움이 있었으리라고는 상상조차  할 수 없었으니 말이다.

서울대 병원에 입원한 아들의 병간호를 위해 아내는 잘 다니던 직장도 그만두었다고 했다. 코로나 직격탄을 맞은 직후였다. 예전만큼 장사가 잘될 리 만무했다. 그런데도 아빠는 열심히 돈을 벌어야만 했다. 남은 시간을 쪼개 매일 틈틈이 우쿨렐레를 연습하셨다. 한 달에 한번 아들을 만나러 올라가는 그 날만 손꼽으면서.

크리스마스 날, 감동적인 동영상이 도착했다. 사장님이 보내신 그 동영상에는 아빠의 연주에 활짝 웃는 아들의 모습이 보였다. 그런 남편을 사랑스럽게 바라보는 아내의 모습도 담겼다. 눈물이 차오르고 가슴이 먹먹한 상태로 마음속으로 간절히 기도했다.

"사장님 인생의 겨울이 지나가고 아들이 건강을 회복하게 해주세요."
"세 식구가 한 집에서 오순도순 행복한 봄날이 어서 오게 해주세요."

나는 아이들의 목소리와 가장 어울리는 노래가 '동요'라고 생각한다. 가사도 긍정적인 내용이고 리드미컬 한 곡들이 많다. 특히 초등 1~2학년 학생들은 큰 목소리로 잘 따라 부른다. 지율이도 동요를 부르며 우쿨렐레를 연주하는 것을 좋아한다. 그런 지율이가 이제 3학년이 되어 우쿨렐레 수업을 하는 돌봄교실에 다닐 수 없게 되었다. 참 열심히 우쿨렐레를 배우던 학생이어서 나도 헤어짐이 무척 아쉬웠다. 마지막 수업하던 날, 지율이의 성장을 보며 기특해하기도 했고 뿌듯하기도 했던 날들이 파노라마처럼 스쳐 갔다.

예쁜 아이들을 졸업시켜 보내고 다시 새로운 학생들을 맞이한 수업 시간이었다. 지율이와 초롱초롱한 눈빛이 많이 닮은 한 학생이 앉아있는 것이었다. 풍기는 이미지도 옷 입는 스타일, 목소리까지도 너무나 닮은 점이 많았다. 나는 속으로 이렇게 생각했다.

'우리 지율이를 올려보내서 섭섭하던 차인데 어떻게 꼭 닮은 학생이 앉아있네?'

수업이 끝나고 그 학생이 수줍은 목소리로 말을 걸었다. "선생니임~ 혹시 지율이 언니 알아요?" 네가 지율이를 어떻게 아느냐고 물어보는 나에게 지원이는 배시시 웃기만 했다. 사실을 확인해 보니 지원이는 지율이의 연년생 동생이었다. 아하, 어쩐지 이름도 비슷하더라니! 나는 무릎을 '탁' 쳤다.

그리고 알게 된 더 재미있는 사실! 지율이와 지원이 두 자매는 '선의의 경쟁자' 같은 귀여운 라이벌 관계였다. 작년에 나에게 우쿨렐레를 배웠던 지율이도 동생이 곧 나에게 우쿨렐레를 배우러 올 거라는 사실을 이야기하지 않았다. 이번에 새로 나에게 우쿨렐레를 배우기 시작한 동생 지원이는 매번 같은 질문을 했다. 새로운 곡의 진도를 나갈 때마다 이렇게 물어봤다.

"선생님, 이 곡은 우리 언니가 배운 거예요? 안 배운 거예요?"
"선생님, 우리 언니는 이 코드 칠 수 있어요? 없어요?"

자신의 진도를 나갈 때마다 언니와 실력 차이를 확인했다. 심지어 집에서도 철저하게 각자의 우쿨렐레가 있다고 했다! 나는 두 자매의 귀여운 질투에 웃음이 났다. 무엇보다 가장 좋은 점은 둘이 선의의 경쟁을 하면서, 졸업한 지율이도 우쿨렐레를 잊지 않기 위해 연습한다는 것이었다.

늘 경쟁만 있는 것은 아니었다. 아이들은 쫑알쫑알 별의별 이야기를 다 해준다. 엄마 아빠가 싸워 사이가 안 좋아 보였던 날, 두 자매는 서로 우쿨렐레를 들고 힘을 합쳤다고 했다. '아빠. 힘내세요, 엄마 힘내세요.' 노래를 불러 가정의 평화를 지켜냈다. 이 얼마나 기특한 모습인가! 부모님께 기쁨을 드렸다는 이야기를 듣고 아이들을 내 품에 꼭 안아주었다.

이 정도면 당신도 우쿨렐레 한번 배워보고 싶지 않은가? 아이와 함께 동요를 부르는 작은 콘서트부터 축하와 위로가 필요한 모든 순간에 우쿨렐레와 함께할 수 있다. 천릿길도 한 걸음부터, 오늘부터 가볍게 연습해보면 어떨까?

"우쿨렐레와 함께한 시간, 모두 눈부셨다. 날이 좋아서, 날이 좋지 않아서, 날이 적당해서 모든 곡이 좋았다"(드라마 '도깨비' 명대사 인용).

# 젊어서 악기 하니 좋겠수

"새로운 도전을 맞이하기에 너무 늦은 나이란 없다."

고든 리빙스턴

"바스락, 바스락."

낙엽 소리 가득한 어느 가을날, 우리 가족은 가을 소풍을 떠났다. 소풍이라고 했지만, 아들과 함께 집 앞 산책로에 간 것이 전부였다. 캠핑용 의자 세 개, 각자 먹고 싶은 과자 세 개, 음료수 세 개를 챙겼다. 햇볕이 따사로워서 날씨가 참 좋았다.

넓은 공터가 있는 자리에는 시에서 관리하는 몇 가지 운동 기구가 설치되어 있었다. 그 너머로 멋스러운 팔각정도 하나 보였다. 우리는 팔각정을 뒤로하고 의자 세 개를 나란히 놓아두었다. 단풍 옷을 갈아입은 나무들의 멋진 풍경이 펼쳐졌다. 너무나 완벽했다. 어디선가 '황혼' 같은 기타곡이 울려 퍼질 것 같은 그런 가을날이었다.

"사랑을 했다~ 우리가 만나~"
"사랑을 할까~ 우리가 만나~"

갑자기 흥이 돋았는지 아들이 가수 IKON의 '사랑을 했다'를 부르기 시작했다. 어린이집에서 형님들이 노래하는 것을 들은 모양이다. 그런데 이 부분만 들었나? 노래는 진전이 없었다. 게다가 자기 혼자 마음대로 개사해서 불러대는 것이었다. 7살 꼬맹이가 부르는 노래에 자꾸만 피식, 웃음이 났다. 고장 난 테이프처럼 도돌이표로 계속 불러대는 아들의 모습도 너무 귀여웠다.

'이런 게 바로 행복이지! 참, 우쿨렐레를 가져올걸... 여기서 노래 부르면 너무 멋지겠는데'라는 생각을 하는데 어디선가 "둥둥, 둥둥, 둥둥" 기타를 조율하는 것 같은 소리가 들렸다. 우리가 자리를 편 바로 뒤편 팔각정에 누가 온 것이었다. 나의 상상이 현실로 이루어진 걸까? 분명히 기타 소리였다. 나는 잔뜩 기대에 부풀었다. 아이와 함께 가을을 만끽하느라고 뒤는 돌아보지도 못해서 주변에 우리뿐이라고 생각했었다. 뜻밖의 기타 소리에 어느새 사람도 많이 몰려들었다. 주변을 돌아보니 운동 기구마다 만석이었다.

나는 고개를 돌려 팔각정을 자세히 올려다봤다. 먼저 보면대가 보였다. 악보집으로 보이는 두껍고 샛노란 파일도 눈에 들어왔다. 이 분 오늘 제대로 연주해주시려나 보다. 무명의 기타리스트는 그 뒤로도 한참 동안 기타를 조율했다. 튜너가 없는지 두 줄씩 튜닝하는 방법을 쓰고 있었다. 대부분 튜너를 가지고 손쉽게 튜닝하기 때문에 그렇게 조율하는 사람들은 백발백중 고수다.

"개! 구! 리! 소년 빰 빠밤, 개! 구! 리! 소년 빰 빠밤."

과연 첫 곡으로 연주할 곡이 무엇일까? 기대에 잔뜩 부풀어 있던 나는 빙그레 웃고 말았다. 엄청난 고수일 것이라고 생각했던 내 확신이 보기 좋게 빗나간 것이다.

"일곱 번, 넘어져도, 일어나라!"

개구리 소년 노래를 모르는 아들이 저게 도대체 무슨 노래냐고 나에게 물었다. 기타를 칠 때는 일곱 번이 아니라 7백 번을 넘어져도 계속 일어나야 하는 거라고 속으로 생각했다. 첫 곡으로 아주 딱 좋은 곡이었다.

기타리스트는 자신의 손때 묻은 파일을 넘기며 연주하는 중이었다. 차근차근 난이도 순서대로 되어있는 악보 파일이었다. 한 장 한 장 넘기며 공연이 한 시간이 넘게 이어지고 있었다. 그의 연주를 들으니 정말로 성실하게 연습하시는 분이라는 확신이 들었다. 이대로만 쭉 연습하신다면 머지않아 훌륭한 연주자가 될 것이라는 확신이 들었다. 이렇게 많은 사람 앞에 나와 연주할 마음가짐으로 모든 곡을 연습한다면 완성도를 최대로 끌어올릴 수 있다.

"젊은이, 거 얼마나 치믄 그라고 잘 치게 된다요?"
"저는 지금 2년 반 기타학원에 다니고 있어요."
"그라요? 워따매 부럽소잉."

지나가던 아저씨도 부러움에 말을 걸었다. 기타리스트는 우리가 머무른 두 시간 동안 기타를 연주하며 열창을 했다. 만약 내가 우쿨렐레를 가지고 왔었더라면 나도 그와 함께 몇 곡 연주했을 거다. 집이 가까우니 얼른 가서 우쿨렐레를 가져오고 싶은 마음도 있었다. 그런데 오지랖이 발동하려는 내 눈빛을 남편이 먼저 알아채 버렸다. "그러면 난 갈 거야"라고 단호하게 말하는 남편의 목소리에 나는 마음속으로만 깊은 응원을 보냈다.

오래전, 내 기억 속에 간직해 두었던 한 장면이 떠올랐다. 그 사장님은 젊은 시절 공사장에서 일용직 아르바이트를 하다가 사고로 엄지손가락 한 마디를 잃으셨다고 하셨다. 엄지손가락 없이도, 엄지에 끼워 연주하는 '썸 피크'로 기타를 참 잘 치셨다. 그리고 그의 기타 연주는 유독 절절한 감동의 소리가 났다. 기타 연주가 울려 퍼지면 그 공간은 온통 감동으로 가득 채워졌다.

"이 기타를 치는 순간만큼은 자유로워요. 장애의 벽을 느끼지 못해요."

그분이 말씀하셨다. 피크를 손에 맞게 깎아서 엄지에 끼우고 연주하는 그 모습이 너무나 아름다웠다. 진정으로 장애를 극복해낸 아름다운 모습을 보았다. 나는 눈물이 나려는 것을 들키지 않으려고 얼른 입술을 꼭 깨물었다. 그리고 멋진 기타반주에 나의 목소리를 실어 노래를 함께 불러드렸다. 그분은 내 목소리가 좋다고 칭찬해 주셨고 나는 그날 그분의 '삶에 대한 태도'를 배웠다.

"젊어서 기타를 배우는 것이 꿈이었어요"라고 하는 분에게 '우쿨렐레'를 알려드리게 되었다. 자식들 키우느라 정작 스스로에게는 소소한 행복도 사치라고 생각하고 앞만 보고 달려오신 분이셨다. 성실하게 일했던 지난날의 보상으로 제법 규모 있는 옷 수선집의 사장님이 되셨다.

"이 기술로 자식들 대학 다 가르쳤당게. 참한 샥시 있으면 소개해줘. 아들 장가만 보내면 되니께."

늘 참한 아가씨 없냐고 물으시며 선하게 웃으셨다. 그 사장님은 사고로 오른쪽 다리를 잃으신 분이셨다. 공장에서 작업을 하던 도중에 그렇게 되었는데도 제대로 배상받지 못하고 처음부터 다시 기술을 익히셨다고 했다. 기타는 꿈의 악기였다. 다시 한번 도전해 보려고 몇 번이나 시도해봤지만 힘든 상황이었다. 몸의 불균형으로 어깨는 점점 올라가고 목은 거북이 목이 되어 기타는 이제 배우고 싶어도 손가락도 몸도 마음처럼 움직여지지 않는다고 하셨다.

"내가 젊어서부터 우쿨렐레를 했으면 사방팔방 인기몰이 좀 했을 것인디, 아쉽구먼!"

기타 대신 우쿨렐레를 배워보고 싶다고 하셔서 자전거 탄 풍경의 '너에게 난 나에게 넌'을 알려드렸다. 딸과 비슷한 또래인 나에게 몇 번이나 고맙다고 말씀하셨다. 그리고 어느 날 내가 들고 다니는 에코백을 달라고 해서 가져가시더니 뜯긴 솔기를 넣고 꼼꼼하게 박음질해서 돌려주셨다. 옆에 작고 귀여운 보조 주머니도 달아주셨다. 나에겐 아직도 그날의 감동이 은은한 향수처럼 남아있다.

"인자 우리 집 해피(강아지)한테나 내 노래 들려줘야제..."

우리는 저마다의 모습으로 살아가고 있다. 장애가 있는 사람도 조금 불편할 뿐 비장애인들과 같은 마음으로 악기를 연주한다, 수선집 사장님은 친구들에게도 "노후에는 쉬운 우쿨렐레를 품어라", "우쿨렐레가 자식보다 낫다", "노년은 예체능이 잘해야 행복하다" 등의 멋진 명언을 남기셨다는 후문이다.

"젊어서 악기 하니 참 좋겠수!"

우쿨렐레와 함께라면 당신의 시간도 거꾸로 흐른다.

# 살아갈 날들을 위한 반려악기

"여러분이 할 수 있는 가장 큰 모험은 바로
여러분이 꿈꿔오던 삶을 사는 것입니다."

오프라 윈프리

나는 5살 때부터 피아노를 배우기 시작했다. 부모님께 들은 이야기인데, 내가 집 앞 피아노학원에 보내 달라고 그렇게 졸랐던 모양이다. 학원에 들어가는 언니, 오빠들의 모습을 부러운 듯 하염없이 바라보거나, 아직 열지도 않은 피아노학원 문 앞에 쪼그려 앉아있기도 했다고 하셨다. 마침내 나는 피아노를 배우게 되었다. 이렇게 어렸을 때부터 시작했다고 하면 '피아노 신동인가?' 생각이 들 수도 있지만 안타깝게도 지금은 잘 못 친다. 초등학교에 들어가서 손목을 다치는 사고를 당했기 때문이다.

나는 초등학교 때 사고로 팔에 깁스를 하게 되었다. 체육대회 날 긴 줄넘기를 하고 있었는데, 줄넘기용 긴 줄이 아니라 아주 두꺼운 밧줄을 사용했던 것이 화근이었다. 키가 작은 편이었던 내가 하필 키 큰 친구들과 같은 조가 된 것부터 시작이었다. 팀원들을 둘러보고 부담감이 몰려왔다. 짧은 내 다리가 밉게 느껴졌다. 하는 수 없이 롱다리 친구들과 맞추려면 나는 더 높이 높이 뛰어야겠다고 생각했다.

처음엔 우린 제법 박자가 잘 맞았고 꽤 오랫동안 함께 숫자를 세며 뛰었다. 그런데 처음이자 마지막으로 타이밍이 안 맞았던 그 순간, 길고 두꺼운 밧줄이 내 왼쪽 발목을 때렸다. 나는 균형을 잃고 바닥에 떨어지면서 왼손으로 땅을 짚었다. 나 때문에 우리 팀이 줄에 걸렸다는 생각에 미안함과 창피함이 동시에 밀려왔다. 창피해서 땅을 짚고 벌떡 일어나려고 했다.

"선생님 유진이 팔이 이상해요!"

친구들이 소리치며 선생님을 불렀다. 내 팔이 움직이지 않았다. 자세히 보니 손목이 이상했다. 단순히 넘어진 것이 아니라는 사실을 아셨는지 선생님들이 급히 달려오셨다. 정신을 차려보니 손목은 이미 'ㄱ'자로 푹 꺾여 있었다. 조금의 움직임도 없었다. 곧이어 엄청난 통증이 밀려왔다. 손목이 홱 돌아가 꺾여 있는 것이었다. 나는 너무 놀라서 울지도 못하고, 그렇다고 벌떡 일어나지도 못하고 있었다. 멀리서 구급차 소리가 들렸다.

"성장판 3분의 2가 손상되었습니다."

성장판을 다쳐서 앞으로 키도 많이 크지 않을 수 있다는 의사 선생님의 말씀은 꿈이 아니었다. 그동안 링거 한번 맞아 본 적 없이 튼튼하게 자라온 나에게 이 사건은 꽤 충격적이었다.

깁스를 푼 후로도 다친 손목은 늘 시큰거렸다. 더운 여름 몇 달간을 두꺼운 갑옷을 낀 채로 갑갑하게 있었으니 그럴 만도 했다. 살이 통통하게 오른 오른팔에 비해 왼팔은 비쩍 마르고 앙상했다. 아주 볼품없었다. 심지어 때가 껴서 까맣게 되어있었다. 그 팔로 언제든 다시 피아노를 칠 수 있다고 생각했던 건 나의 착각이었다. 아르페지오 반주를 할 때는 정말이지 너무 고통스러웠다. 그렇게 좋아하던 피아노를 그만두게 되었다. 피아노 개인 레슨을 받아 가며 피아노를 즐겨 쳤던 날들이 막을 내렸다. 상실감 때문이었을까? 자신감이 떨어졌기 때문이었을까? 손목이 아파서 도저히 옥타브가 나오는 곡을 연주할 수 없었기 때문이다.

언젠가 우쿨렐레를 잘 치고 싶은 마음에 기타학원을 몇 개월 다녔다. 기타를 잘 치고 싶어서가 아니었다. 기타 연주 스킬을 연습하면 우쿨렐레 실력이 업그레이드될까 해서였다. 기타는 아주 멋진 악기이다. 그런데 내 생각보다 컸다. 지판이 두껍고 요령이 없을 때여서 연주할 때마다 왼 손목이 시큰했다. 결국, 기타를 그만둘 수밖에 없었다.

그랬던 내가 작고 가벼운 우쿨렐레를 만나고 날개를 달았다. 우쿨렐레는 아무리 연습해도 손목이 아프지 않았다. 손목도 좋지 않은 내가 여러모로 나와 잘 맞는 악기를 만난 것이다. 피아노처럼 옥타브를 연주해야 하는 부담도 없었다. 기타처럼 복잡한 코드를 잡을 일도 없다. 약한 손목에 힘이 들어가는 경우도 드물었다. 쉽고, 작고, 손목에 무리가 가지 않는다는 장점이 큰 매력으로 다가왔다.

그래서 그 후로는 더더욱 우쿨렐레는 나에게 찰떡인 악기가 되었다. 왼손 줄을 누르는 손가락 끝의 힘과 요령을 익히면 우쿨렐레는 금방 3화음을 연주해준다. 게다가 오른손은 엄지나 검지로 흔들흔들 스트럼을 치면 되니까 이보다 쉬운 악기가 또 있을까?

"매 순간 너의 가치를 발견하며 행복하게 살아가렴."

항상 며느리를 응원해 주시는 시어머님께서 우쿨렐레를 선물해 주셨다. 바이올린을 만드는 장인이 만드셨다는 그 우쿨렐레 가격은 200만 원이 다 되었다. 나는 어머님의 진심이 담긴 선물에 감동을 받아 눈물이 그렁그렁했다. 어머님께서 말씀하셨다.

"내가 아이들을 키울 때, 이것만 하고 나면, 또 이것만 해놓고 이제 드디어 내 시간을 가질 수 있겠지 생각했단다. 큰아이 초등학교만 보내고 나서, 둘째가 대학 가면, 그 후에 실컷 해봐야지. 내가 원하는 삶을 살 수 있겠지 하고 말이다. 그런데 지나고 보니 지지고 볶고 하며 아이들을 키워낸 모든 순간이 내 삶이더라. 바쁘고 힘든 순간에도 힘껏 즐기고 마음껏 행복하게 지내렴. 그것도 모두 네 삶이란다. 난 그땐 몰랐어."

어머님께서는 아이를 키우며 대학원에 가고 공부를 하는 며느리를 한결같은 마음으로 응원해 주신다. 나도 그런 어머님을 사랑하고 늘 감사하다.

“하고 싶은 일은 미뤄두지 말고 지금, 이 순간 도전하자. 다음은 없다.”

시작도 알 수 없고 끝도 알 수 없네
영원한 시간 속에 잠시 서 있을 뿐
우리가 얻은 것은 진정 무엇이고
우리가 잃은 것은 과연 무엇인가
저 가는 세월 속에 빈손으로 가는 것
그것은 인생

그것은 인생 – 최혜영 (첫사랑)

나는 ‘우쿨렐레’를 접하며 삶의 전환점을 맞이했다. 이 책을 읽는 당신도 반려 악기와 음악이 주는 치유의 힘을 느낄 수 있었으면 좋겠다. 바쁜 일상생활이 버거운 사람도, 단조로운 하루가 무료한 사람도, 연인에게 작은 이벤트로 프러포즈를 꿈꾸는 사람도, 내 아이에게 동요를 불러주고 싶은 사람도, 더 많은 사람이 우쿨렐레를 만나서 행복해지기를 소망한다.

살아갈 날들을 위한 운동도 좋다. 하지만 몸과 마음을 어루만져주는 '음악의 힘'을 믿어보자. 반려 악기로 내가 추천하는 '우쿨렐레'가 어떤가? 이 세상 모든 반려 식물이나 반려동물들은 인간보다 수명이 짧다. 사람과 똑같이 아프고 병들고 죽는다.

물론 우쿨렐레도 그렇게 오랜 시간 관리하고 연주해주면 좋다. 적어도 당신이 떠나보내지 않는다면 영원히 함께 있어 준다. 우쿨렐레를 안고 나를 위로해 주는 음악을 한 곡 연주하면 어떨까? 피아노가 좋다고 넓은 피아노를 안을 수 있을까? 두 팔 벌려 안아보지만 품에 쏙 들어오지 않는다. 우쿨렐레의 온기를 느껴보자. 네 줄의 울림이 잔잔하게 때로는 경쾌하게 네 줄을 타고 우리의 마음으로 전해진다.

낮에는 생업에 종사하느라 늘 바쁜 일상을 보내던 레슨 생이 있었다. 기타를 치다 보면 점점 자세가 구부정하게 되어 목이며 어깨가 자주 뻐근했다고 하셨다. 그런데 우쿨렐레는 스트랩을 이용해서 몸에 매고 치니 훨씬 간편해서 좋다고 했다. 결국, 기타는 입양을 보내 버리고 집에 혼자 있는 날이면 유튜브 동영상을 보며 우쿨렐레와 놀았다고 하셨다. 우쿨렐레를 독학하던 시절은 거북이처럼 느릿느릿한 걸음이었단다. 하지만 연주하고 싶은 노래를 하나씩 마스터해가는 재미가 쏠쏠했었다고 하셨다.

"우리의 인생을 축복으로 만들기 위해 요구되는 것 중에 가장 위대한 것은 바로 좋은 우정을 얻는 일이다"라는 에피쿠로스의 말처럼 '우쿨렐레'와 우정을 쌓아 가면 어떨까?

# 내 서툰 연주가 당신에게 닿기를

"정녕 마지막인 것만 같은 순간에 새로운 희망이 움튼다. 삶이란 그런 것이다. 태양이 어김없이 솟듯, 참고 견디면 보상은 반드시 있다."

앤드루 매슈스

초등학교 4학년 때, 같은 반에 이현민이라는 남자아이가 있었다. 서울에서 전학을 왔다는 그 친구는 유난히 피부가 하얗고 키도 커서 인기가 많았다. 어느 날 현민이가 우리 집 전화번호를 물어보았다. 집 전화를 공유하는 것이 거리낄 것이 없던 시절이었다. 그리고 그날 오후 집으로 전화가 왔다. 현민이였다.

"유진아, 나 요즘 연습하고 있는 피아노곡이 있는데 너한테 들려주고 싶어."

"그래? 정말 멋지다. 연주해줘!"

"달그락." 잠시 뒤 수화기를 내려놓는 소리가 나더니 피아노 소리가 들렸다. 나는 잠시 딴 세상에 온 것 같았다. 내가 멋진 공주님이 된 것 같기도 하고 심장이 두근거리는 소리가 쿵쿵 커지는 것 같았다. 두 손으로 수화기를 꼭 붙들고 곡이 끝날 때까지 땀을 쥐며 음악을 들었다. 정말 멋진 연주였다.

"유진아, 잘 들었어? 어때?"라고 물어보는 친구에게 나는 정말 잘한다고 멋지다고 이야기해 주었다. 그 친구 덕분에 나도 피아노를 잘 치고 싶어서 참 열심히 연습했다. 나중에야 알게 된 사실이지만, 현민이는 나에게 그 연주를 들려주기 위해 매일 학원에서 늦게까지 연습을 했다고 했다. 그때 그 친구가 들려줬던 곡은 오른손이 멜로디가 잘게 표현되면서 피아노 콩쿨의 단골 메뉴로 연주되는 모차르트 연주곡이었다.

그 친구는 서울로 전학을 가기 전까지 매주 금요일 같은 시간에 어김없이 피아노 연주를 선물해 주었다. 풋풋하고 소중한 내 어린 시절의 기억이다. 이후에는 서로 연락이 닿지 않게 되었다. 그래서 음악 전공의 길을 갔는지, 아직도 피아노를 연주하는지 소식이 궁금할 때가 있다. 하지만 무심코 들어간 카페에서나 길거리에서나 언젠가 들었던 그 곡이 흘러나올 때면, 내 어린 날의 사랑스러운 추억도 함께 피어오른다.

'곡은 연주하는 사람뿐만 아니라 듣는 사람에게도 행복한 선물이 된다. 음악의 마법이다.'

나는 무대에서 관객의 감동까지 책임지는 연주자가 되고 싶었다. 대학을 졸업하고 신인음악회를 하게 되었다. 신인음악회는 광주전남지역의 신인 연주자들이 대학을 대표하여 서는 무대였다. '데뷔무대'라고도 할 수 있었다. 교수님께서 나를 추천해주신 덕분에 생긴 소중한 기회에 정말 감사했다. 그런데 연주를 앞두고 아주 심각할 정도로 내 컨디션이 좋지 않았다. 갑자기 추워진 날씨 탓이었을까? 아니면 무대에 대한 부담 때문이었을까? 오한까지 몸을 덮쳐서 긴장과 추위로 몸이 덜덜 떨릴 정도였다. 며칠 동안 식은땀 뻘뻘 나는 악몽도 꾸었다. 연주 당일, 아침 일찍 집 근처 병원에 가서 링거 한 병을 맞았다. 약 기운으로라도 정신을 차려야만 했다.

공연을 앞두고 간절한 마음으로 기도했다. 무대 위에 섰을 때, 나의 상태를 관객에게만 들키지 않도록 해달라고. 나는 그것만 바랐다. 나의 컨디션과 지금 상황이 좋지 않다는 것을 감추고 싶었다. 그리고 최선을 다해 노래하는 것, 내가 할 수 있는 것은 그것뿐이었다.

무대 위로 조명이 켜졌다. 나는 한발 한발 발걸음을 옮겼다. 왜인지 조명이 따뜻하고 포근하게 느껴졌다. 고개 숙여 인사할 때, 관객들의 박수 소리를 들려왔다. 점점 몸과 마음이 뜨거워지는 것을 느꼈다. 고요했던 연주장에 피아노 반주가 시작되자 나는 모든 것을 쏟아내었다. 연주는 무사히 마쳤다. 다행이었다. 대기실로 들어온 나는 다리에 힘이 다 풀려서 바닥에 털썩 주저앉아버렸다.

그저 큰 실수 없이 마무리한 것에 감사했다. 대기실 밖에 손님들이 와 있다고 하기에 나가보았다. 공연을 보러 와준 지인들이 하나 둘 꽃다발과 축하 인사를 건넸다. 내 컨디션을 잘 숨겼던 걸까? 과분한 칭찬을 받았다.

“유진아, 멋지더라. 무대 위에 있을 때 너 참 행복해 보여.”

바쁜 시간을 쪼개서 나의 연주를 보러와 준 이들에게 고맙다고 몇 번이나 인사했다. 내가 초대한 손님들은 모두 인사를 나누고 갔는데 끝까지 남아있는 두 사람이 있었다. 아버지와 딸 같았다. 머리를 양 갈래로 땋은 피부가 하얀 소녀였다. 그 꼬마 아가씨는 초등학생 정도로 보였다. 지금껏 나를 기다린 것 같은데 아무리 떠올려 봐도 누구인지 생각이 나지 않았다. 한발 한발 조심스럽게 다가오는 꼬마 아가씨 뒤로 남자가 먼저 말을 꺼냈다.

“저, 우리 딸이 성악가님의 사인을 받고 싶어 해서요.”

그 아버지는 빙긋 웃으며 말씀하셨다. 공연이 끝나고 사인을 해달라는 관객은 처음이었다. 일단 우리가 초면이 확실하다는 생각에 일단 마음을 쓸어내렸다. ‘내가 뭐라고 사인을 받겠다고 지금껏 기다린 건가?’라는 생각이 잠시 스쳤다. 나는 꼬마 아가씨가 내미는 오늘 공연 연주 팸플릿과 두꺼운 매직 펜을 받아들었다. 그때까지만 해도 학교 음악 선생님이 내준 무슨 수행평가라도 되는 줄 알았다. 사인도 없던 나는 내 나름대로 사인을 해주었다. 그래도 누군가가 사인하던 모습을 본 기억은 있어서 오늘 날짜도 쓰고 꼬마 아가씨를 위한 응원의 말도 하나 써줘야겠다고 생각했다.

“예쁜 꼬마 아가씨, 이름이 뭐예요? 몇 살이에요?”

최대한 자연스럽게 말을 건네면서 오늘 공연에 와줘서 고맙다고 얘기했다. 그리고 “학교 수행평가예요?” 하고 물었다. 그 꼬마 아가씨는 “아니요. 언니가 노래를 제일 잘해서요. 공주님처럼 드레스도 정말 예뻤어요”라고 대답했다.

‘나의 서툰 연주가 누군가에게는 기쁨을 줄 수 있구나!’

그때 깨달았다. 꼬마 아가씨에게 참 고마웠다. 분명히 나의 컨디션이 좋았던 날에 비하면 한참 낮은 성적의 연주였다. 하지만 그 안에서 최선을 다하는 내 진심이 전달된 것 같았다. 행복했고 감사했다.

“삶 속에서 만났던 힘든 상황도 그것을 진심으로 헤쳐나갈 때 중요한 기회로 바뀌었다!”

나는 가끔 생각한다. 갑상샘암이라는 시련이 아니었다면 지금 어떤 삶을 살고 있을까? 과연 내 삶의 주인공이 되어 ‘적극적’으로 살아갈 수 있었을까? 아닐 것이다. 모든 경험이 내 자산이구나! 힘들었던 나의 경험이 더 단단한 나를 만들었다. 이제 나와 같이 상처받은 사람들의 마음을 위로해 주고 싶다.

“아픔과 시련을 겪어본 사람만이 다른 사람에게 진심을 담아 위로를 건넬 수 있다.”

만약 당신이 인생에 가장 힘든 시련의 순간을 겪고 있다면 진심으로 위로해 주고 싶다. 부디 포기하지 않고 이 고통과 아픔의 시간은 좀 더 버텨내길 간절히 응원한다. 나는 시련이 끝나고 ‘반려 악기 우쿨렐레’와 만났다. 그리고 이 악기는 내가 원하는 진정한 꿈을 찾게 해주었다. 그대를 찾아온 시련도 그대가 진짜 원하는 것이 무엇인지 알게 해주는 망원경이자 현미경이다. 기나긴 어둠 속 터널의 끝이 곧 보일 것이다.

“나의 서툰 연주가 당신의 상처에도 닿기를 진심으로 바란다.”

**초판 1 쇄** _ **2022년 6월 30일**
**지 은 이** _ 김유진
**펴 낸 이** _ 김현태
**디 자 인** _ 디자이너 장창호
**펴 낸 곳** _ 따스한 이야기
**등　　록** _ No. 305-2011-000035
**전　　화** _ 070-8699-8765
**팩　　스** _ 02- 6020-8765
**이 메 일** _ jhyuntae512@hanmail.net

**따스한 이야기 페이스북**
https://www.facebook.com/touchingstorypublisher
https://www.instagram.com/touchingstory512

따스한 이야기는 출판을 원하는 분들의 좋은 원고를
기다리고 있습니다.

**가격 14,000원**